てらいんくの評論

# 文学者の生き方は様々

## 半藤一利や佐多稲子らのこと

竹長吉正

# 文学者の生き方は様々

――半藤一利や佐多稲子らのこと――

# はじめに

この本は文学の評論と随筆を合わせたものである。まず、随筆から始めた。それはわたくしの郷里福井県の風土と生活を記し、なつかしさと思い出のことを簡潔に記した。しかし、筆が次々に進んでいくと、止めることができなくて、どんどん書き綴りが続いて行った。不思議な現象だった。

そして、なつかしい文学者（作家や詩人）のことを書いていると、随筆から評論へと発展したり、歴史的な調べ物の結果を記したりすることになった。

灰谷健次郎、北山修、幸田露伴、土井晩翠、森田たまといった人々の中にはじっさいに会った人もあるし、また、会わない人もある。灰谷健次郎、北山修はじっさいに会った人である。また、半藤一利、長谷川かな女の二名は、じっさいに会った人である。吉村昭及び津村節子、仁木悦子、渋谷定輔、佐多稲子は会ったことのない人である。

このように「じっさいに会った人」と「会ったことのない人」の中で、印象に強く残る人と残らない人がある。しかし、そんなことよりも、その人の作品や著書を読んで印象に強く残る人と残らない人とがある。

わたくしは読書が好きであるから、じっさいに会わない人でも書物で印象に強く残る人がある。この本で対象とする人々はすべて、読書で印象に強く残った人々である。そして、中にはじっさいに会った人もある。

文学というのは、なかなかよくわからないものである。しかし、人間の生き方を学ぶ勉強になる。文学の本を読むと、こんな生き方をする人があるのかと思うことがある。それはテレビや映画、それに新聞などでも似たことを味わうのだが、文学書を読むと、どんどん深く深く心に入り込んでいく。人生や生き方の深みに入っていくのである。

だが、作品を読み終わると、心や気持ちが落ち着いて好い気分になる。テレビや映画のように数時間で読み終わる本もあれば、何日も読み続ける本がある。わたくしはそのような本の中で一年間、ずっと読み続けた本がある。それは志賀直哉の『暗夜行路』である。また、児童文学のシュウエルの『黒馬物語』（くろうま）である。『黒馬物語』を読んで、馬が大好きになった。

犬は自分の家で飼うことが充分できるが、馬は自分の家で飼うことがなかなか、できない。それで、わたくしはずいぶん悲しい気持ちになった。それで、今でも馬に関する本をたくさん読んでいる。最近読んだ植松要作の『学校に馬がやってきた』もその一つである。

ところで、この著書『文学者の生き方は様々』は新釈八百比丘尼から佐多稲子まで、文学の楽しさを綴った本である。どこからでも読み始めて、文学の楽しさを味わってください。

著者

# 目次

# 第十五章　仁木悦子から渋谷定輔及び、佐多稲子へ

# 第一章　中間者の恩返し

## 1

一九九二年一月一日、故郷で作った詩がある。それは次のとおり。

気動車のガタゴト
幼童の毬(まり)を蹴る音
海近き　この高台に上れば
古き思い出　よみがえる
眼下にくだける日本海
吾を育てし厳父なり
遠く遙かにビルヂングが並ぶ

街に住んで
何故ふるさとに帰らんとするのか
懐(ふところ)に深き湖有ればなり
幻に見る龍が天にのぼる三方五湖
吾を育てし慈悲の母なり

題名は「望郷吟」。

若狭の里で越年するようになって早八年。それまでは家族ぐるみで、どこかあちこち（例えば箱根や秩父）へ出かけて越年していたが、一人暮らしの母が急に病気で入院し退院後の看病をしなければならなくなったため、わたくしは一人で若狭の里へやって来た。そして、若狭の里へ来るのがもう八年目になったのである。

## 2

ふるさとの道をてくてく歩いていると、旧知の人とよく出会う。久しぶりの出会いであり、立ち話のつもりが、つい長くなる。そして、不思議なことに、会う人がほとんど異口同音、「あなた一人でお帰りですか？　ご家族の方もご一緒ですか？」と尋ねてくる。「はい、私一人で帰りました。」と答えると、何だか拍子抜けしたように「そうですか。」とがっかりした様子で頭を下げる。初めは気にしなかったが、出会う人ごとにそう言われるし、帰郷の度にそう言われるので、わたくしはこれには何かあるに違いないと思うようになった。

わたくし及びわたくしの家族を同郷人として受け入れるかどうかの試験をしているのだと、まず考えた。すなわち、「あなた一人だけの帰郷なら、私たちはあなたを同郷人として認めませんよ。」ということなのだ。

しかし、わたくしはれっきとした同郷人である。この土地に生まれて高校卒業までの十八年間、この土地を歩きこの土地の水を飲んで育った。しかし、その後は東京、埼玉と移り住み、目下、埼玉で二十七年間も暮らしている。故郷の外での暮らしの方が長くなった。これでは同郷人だと胸を張って言えるであろうか。はなはだ心もとない。

同じ土地に住み長年の苦楽を共にした同胞の人でない限り、胸襟を開いて話し合うことはできない。それは自然の理である。悲しいことだが、それが人間関係の普通の習わしである。

わたくしがもし家族を引き連れてこの土地に転住し、「どうか皆さん、一つよろしくお願いします。」と頭を下げれば、土地の人々はわたくしたちを異邦人と見なくなるであろう。しかし、それが今のお前に出来るのかと自ら問うてみなければならない。

わたくしはいろいろ悩んだが、けっきょく、中間者の生き方を選ぶことになった。すなわち、この土地の生き方半分、埼玉での生き方半分である。ややこしい生き方だとあきれるが、そもそも人間の生き方はややこしくて、割り切れないものだ。そう思ったら、急に気持ちが楽になった。

## 3

ところで、わたくしは物を書く人間のはしくれとして今も生きている。物を書く人間には、中間者の生き方を宿命としている人が意外に多い。現実の生活、実業の生活を送っているほかに、非現実の生活、虚業の生活を送っている。虚業の生活と人生に生きがいを見出しているのが、文学などに惹かれている人間である。

したがって、わたくしの生き方は性質に合っているのかもしれない。妙な理屈をこねまわしても始まらない。半ば異邦人の如く、半ば同郷人の如く楽しく生きるまでである。

若狭のことについて、他所の人は多くを知らない。誰かが若狭のことについて書くと、それが若狭のすべてであるように受け取ってしまう。

例えば「暗い、陰気、憂鬱」というイメージがそれである。確かに日本海の冬景色にはそのイメージが合う。しかし、それのみで若狭のすべてが覆い尽くされるとしたら、わたくしにはやりきれない。もっと違うイメージが有り得る。例えば秋の紅葉の頃、何とも言えない華やかさと妖艶さ。また、初夏の頃の新緑したたる清浄さ。そのようなイメージをどんどんアッピールしたい。

近年、わたくしは若狭の地を四季折々に訪れる機会を得た。そして、冬以外の若狭の良さ、すばらしさを知ることができた。それは中間者の眼からとらえた新しい発見である。この土地を離れずにいたならば、おそらく発見できなかったことであろう。だとすれば、この土地を離れたことは決してマイナスではなかった。

ともかく、わたくしはこれからも中間者の生き方を続け、若狭の人と風土を複眼で観察する。そして、その良さと美しさを若狭を知らない人々に紹介する。それがわたくしのささやかな務(つと)めであると、ひそかに念じている。

# 第二章　新釈八百比丘尼

## 1

若狭には八百比丘尼（びくに）の伝説がある。高橋長者の娘として生れた女性が自ら髪をおろして尼となった。

幼い頃、間違って人魚の肉を食べ、そのためいつまでも年をとらず、詮方（せんかた）なく尼となった。尼となってから彼女は日本のあちらこちらを巡礼した。荒れ果てた寺や御堂（みどう）を修理し、大きな川に橋を架けた。また、花や木の無い所に椿の木を植えた。

わたくしの住む埼玉にも彼女はやって来た。ある本によると、岩槻（いわつき）に比丘尼の植えた椿の木があるとのこと。

比丘尼は日本全国を歩き回ってから、若狭の小浜（おばま）にもどり、山裾の洞窟に籠（こも）った。そして八百年生き続けて入寂（にゅうじゃく）した。

わたくしは比丘尼が籠ったという洞窟をある日、訪ねた。市立小浜小学校の円形校舎からすぐ行った所に小さな山があり、その麓に洞窟があった。膝を折り曲げて窮屈な場所で合掌した。比丘尼はこの洞窟の中で坐り、合掌したまま亡くなったという。

柳田國男の書いた随筆に、椿の木と八百比丘尼のことが出てくる。八百比丘尼は「やおびくに」ともいう。八百は八百屋(やおや)のやおと等しいからである。

長寿を全(まっと)うした女性の話は、いかにも若狭的である。若狭は昔から女性を大切にするところである。そして、八百比丘尼は水と縁(えん)が深い。つまり、海の近くで生まれ、海産物をたくさん食べて生育した。

## 2

長生きすることは誰にとっても嬉しいことである。しかし、超長生きすると、辛いことを体験することにもなる。何と皮肉なことであろうか。親、きょうだい、知人友人など親しい者すべてがこの世から姿を消し、残る者は吾のみぞ、というふうになってしまうと、実に寂しい。しかし、その寂しさにじっと耐え忍び、天命の尽きるまで生き抜くという自制心こそあっぱれである。八百比丘尼はそのような自制心をもっていたのだろう。

八百比丘尼が幼い時に食べた人魚の肉は、不老不死の妙薬であった。それを知らずに幼童が食べたのが運命のいたずらである。その妙薬を懸命に求めていた大人には得られず、何も知らない幼童が偶然に得たのが、皮肉である。地位の高い人や金持ちの人が不老不死の妙薬を欲しがるだろうが、それが彼らには得られなかった。

この幼童の女性は何者かの力によって長命を与えられたのである。そして、この女性は大人になると尼（あま）になった。それから、彼女は日本の諸国を歩き回り、困っている人悩んでいる人のために尽くした。

彼女の話は遊行上人（ゆぎょうしょうにん）の善行譚と並んで、あちらこちらに知られている。そして、類話が多い。しかし、遊行上人の善行譚は大半が男性の話である。女性の僧侶（尼）が日本の諸国を歩き回り善行を施したという話はあまり聞いたことがない。

そうすると若狭では女性にそれだけ期待を寄せていたということなのだろうか。だとすると、八百比丘尼は若狭の生んだジャンヌ・ダルクということになるだろうか。

## 3

若狭は日本海に面して、水と縁が深い。三方五湖や幾多の河川があり、水清く、水豊かな風土である。

八百比丘尼が海辺の村で生まれ、水清く、水豊かな土地で育ったというのが意味深いと思う。八百比丘尼の精神形成に若狭の風土が影響しているのだ。彼女が仏門に入り尼となったのは、長寿をかこち運命のいたずらを悩んだためばかりではない。若狭という水の風土が彼女に対して信仰心厚い心性を育んだのである。

ある冬の日、わたくしは現在の八百比丘尼を求めて小浜の街を歩いてみた。みぞれ交じりの肌寒い天候であった。繁華街を通り抜け、左に折れると、もう目の前が海。

コンクリートで固められた海岸通りをしばらく歩いた。すると、びっくりするものに出会った。マーメイドのかわいらしい彫刻。八百比丘尼の伝説にちなんで作られた観光用のものだ。デンマークのコペンハーゲンにこれと似たものがあった。アンデルセンの童話『人魚姫』にちなんだものである。『みにくいアヒルの子』『マッチ売りの少女』等で知られるアンデルセンは海辺の町で生まれた人である。北ヨーロッパの海と若狭の海がふしぎとつながる気がした。

寒いのと、冬の海辺の景色を眺めていたら、もうどこにいるのか分からなくなった。ぼんやりと、霧のかかり出した海の沖をじっと見ていた。ボーッボーッと汽笛が鳴る。頭のずいぶん上をユリカモメが何羽も行ったり来たりしている。

わたくしの眼は俄然、釘づけになった。幾つものテトラポットの並んでいる上を一人の少女が跳ぶように走っている。小さな白い犬を連れている。

「ああ、これこそ現代の八百比丘尼だ！」　そう、ひとりごとを言って、わたくしはカメラのシャッターを切った。

現代の八百比丘尼は、私たちの眼の前をたくましく、どこまでも走り続けている。

（一九九一年一月一日、記す）

# 第三章　年末風景
## ——久々子海岸にて——

### 1

十二月三十日、本年も残すところあと一日、暦には四緑仏滅とある。昨夜、親戚に不幸があった。あと数日で六十歳になろうとする、働き盛りの寡婦が、蜘蛛膜下出血で他界した。

その家は毎夏、民宿を営んでいた。わたくしは八月の盆の棚参りによくそこを訪れた。お客でごった返す中、亡きご主人の霊前に手を合わせた。その時、働き盛りの寡婦は使用人にあれこれ指図(さしず)をしていた。「御膳を運んでちょうだい！」「飲み物もね！」そのような元気な声だった。そして、丸顔で血色のいい顔をしていた。

わたくしはその婦人と多くの言葉を交わしたことはない。だが、何となく心象に残る人だった。その人の唇に樒(しきみ)の葉で二回、水を含ませた。樒の葉を水にぬらし、それで故人の唇を湿(しめ)らすのが、この土地の習わしである。それを末期の水という。

そのしきたりを終えて、外に出た。空を見上げると、満月。東の方にまるまるとした大きな月が、夜空に浮かぶ西瓜のようだった。通夜に一緒に行った姉は、「おおっ、さぶ！ あすは凍るかもしれん。」と言って、コートの襟をかき合せた。

## 2

姉の予想通り、次の日はみごとに凍った。田舎道のあちらこちらに氷柱が何本も立った。だが空は雲一つなく晴れわたり、風も吹かなかった。気温がだんだん上がっていく。わたくしは自転車に乗ってお寺と東の庵主寺（尼寺）へ、御供えの餅と米一升をそれぞれ持って行った。お返しとしてお寺からはティッシューの一箱、庵主寺からは手拭い一枚をそれぞれいただいた。

しかし、帰る途中、手拭いをどこかで落としてしまった。家に着いてから気づき、自転車に乗って帰り道をよく探した。しかし、見つからなかった。困ったなあ、母から責められると覚悟した。「ちゃんと風呂敷に包んでおけばよかったのに……」などと苦言を言われると覚悟した。

勝手口に入ると、わたくしは直ぐにこう言った。「庵主さんとこから手拭いをもらったけど、自転車のかごにちゃんと入れておかなんだから、どこかで落としてしまった。」 桜の木を伐ってしまったワシントンさながら、こちらから正直に告げた。子どもの時のわたくしだったら母に叱られるのが怖くてウソをついただろう。親が完璧主義者で、何か子どもが誤りを犯すと許さないというのは、子どもにとっては大変つらいものだった。出来すぎた親をもった子どもほど、つらくて不幸なものはあるまいと、わたくしは今でも思う。

わたくしの母は、名の知られた偉人ではないが、子どものわたくしからすると、到底真似のできない完璧主義者だった。今、わたくしは四十歳の半ばを過ぎているが、あの幸田文さんが父上の露伴翁に仕えたように、わたくしも緊張しながら八十四歳の老母に仕えている。

ところで、今のわたくしはもうウソなどつかない。ウソをついて自分を守らなければならないほど、精神的に弱くない。どんなに苦言を言われても、どんなに罵倒されてもびくともしないほど、精神が強靭になっている。だから、悪びれもせず、先のように言った、「庵主さんとこから手拭いをもらったけど、自転車のかごにちゃんと入れておかなんだから、どこかで落としてしまった。」

すると、意外なことに母はこう言った、「しょうがない。手拭い一枚ぐらい、ええよ。」意外に、穏やかな言い方だった。わたくしは拍子抜けした。母も変わった。息子の失敗を許す心ができたのだ。

## 3

それから、わたくしは近くの海岸へ行った。穏やかな波がちょろちょろと浜辺に寄せている。二、三ヶ所から煙が上がっていた。この辺では浜辺でゴミを焼くようで、年末の大掃除で出たゴミをあちこちで焼いている。

犬が元気に走り回っている。子どもたちのはしゃぎ声がする。気の早い親子はもう、凧を空に飛ばせている。そのような年末の風景を見ながら、わたくしは長靴で砂浜を歩いた。

足元を見ると、いろんなゴミがある。一リットルのジュース・パック、洗剤の空き箱、酒の壜（びん）、釣り道具、大きな浮標（うき）。よく見ると、ハングル文字のものもある。韓国のイカ釣り船が海に捨て、それらが日本の浜辺に流れ着いたものだ。こうした「生活の残骸」を一つ一つ丹念に見ていくと、人間の生活や生命の行く末を見ているような気持になる。

おびただしいゴミの中を、カラスや鷲が何かを探して浜辺をとことこと歩く。獲物が見つかると、それをくちばしにくわえて、空高く舞い上がる。冬の浜辺は、まさに墓場である。わたくしはどういうわけか、このような墓場を一人で歩くのが習慣か、癖になった。

## 4

いつもはクルミ（胡桃）をたくさん見つける。しかし、今日はやっと一つ、見つけただけだ。また、波打ち際で魚を見つけた。近づくと、小さいトラフグだった。生きているだろうかと、指で腹を押してみた。びくともしない。いずれ、カラスや鷲の餌食になるだろう。

波打ち際から沖に向って四十メートルほどのところに、たくさんのテトラ・ポットがある。それは防波堤である。そのテトラ・ポットのそばに小型のボートを浮かべて三人の大人が魚釣りをしている。道路に一台の自動車がとまっている。車のナンバーを見たら、岐阜と書いてある。彼ら三人はすべて男だ。こんな寒い冬の海で、よく魚釣りをするもんだなあと不思議に思った。

テトラ・ポットの上に腰をおろし蕭然と釣り糸をたれている彼らの姿を見ていると、孤独という言葉が浮かんできた。今日は年の瀬である。

浜辺の散歩から帰る時、同じ道を通らずに、コンクリートの道を歩いた。長靴でてくてくと歩くと、コツンコツンと音が響く。子どもたちが犬を追いかける。犬は小さな足跡を砂浜に刻みつけ、どこまでもどこまでも逃げていく。

平和なウソのような風景である。

海原遠く、水平線はどこまでも続いている。ふと空を見上げると、飛行機が吹き出す蒸気で帯状の線を描き、東から西へ飛んでいく。空は抜けるように青い。蒲団を干したくなって、急いで家に駆け戻った。

## 5

蒲団を物干し竿にかけ終わり、部屋の二階に上がった。窓の傍のすき間に腰をかけて、本を読み出した。幸田文の作品「父——その死」に次の文章があった。

> 責任をもって年よりを世話しているものには、雨にも風にも安心が恵まれなかった。しわぶき一つにもはっとし、肩が凝(こ)ったといわれても、もしやとうたがう。何が死の転機だかわからないのである。とても遁(のが)れられないものだからこそ死の手は恐ろしく、そんな恐

ろしさだからこそ逆にあたかも待ってでもいるかのように、その跫音をひやひやと待つような気にもなる。
（角川文庫『父・こんなこと』十八ページ。昭和三十一年十二月初版、昭和五十三年八月第三十一刷）

幸田文は八十を過ぎた父露伴を世話しながら、このように思っていた。わたくしにはこの気持ちは痛いほど、よくわかる。

幸田文はまた、次のようにも書いている。

看病には慣れていたが、私の看病は熟練はしても上達はしなかった。看病は実に父とのいさかいだった。父は私の看護を事毎に託ってばかりいた。病人に対する心もちの粗雑さ、操作の不手際、何もかも気に入らないことだらけらしかった。不満足が皮肉になって飛んで来た。不平が慨歎調で投げられた。じれったさが意地悪になって破裂した。早くよくなってもらいたさでいながら、目の前に浴びせられる不愉快なことば、仏頂面は反抗心をそそった。ずいぶん口がきつい人と百も承知でいるくせに、辛辣な言い草で斬りつけられるとたまらなかった。

（角川文庫『父・こんなこと』二十八ページ。昭和三十一年十二月初版、昭和五十三年八月第三十一刷）

わたくしの老母は寝たきりの病人ではない。だから、病人ゆえの「皮肉」「不平」「意地悪」「辛辣（しんらつ）な言い草」等はなかった。それでも、老人ゆえの「口のきつさ」は相当であった。

母は若い時から、気が強かった。年をとり耳が遠くなってからは、まるで子どものように無邪気に他人を傷つけることがあった。わたくしたち身内の者に対しては勿論のこと、他人に対してかなり辛辣なことを平気で言った。わたくしはそのたびごとに、穴に入りたいほどの恥ずかしい気持ちになった。だが、母は平気である。子どもに生まれ変わったんだなあと見なして、わたくしは諫（いさ）めることはしない。ただ聞き流している。

老人と暮らすほど精神の疲れることはない。そして、老母とたたかうのではなく、忍耐する。忍耐できるか否か、自分自身とのたたかいである。

やがて枯れ木のようにぽっきりと体が折れる。その日まで、子として親に心身を尽くすばかりだ。そして、一度くらい、老親に気に入られるような接し方ができればそれで良しとする。

幸田文は「私はかつて父に気に入られたこと、また満足されたことがなかった。」（前掲『父・こんなこと』二十八ページ）と書いている。かなり誇張された言い方だと思う。しかし、実際に父幸田露伴は躾に厳しく、口やかましい人であっただろう。明治の人にはそのような人が多かった。わたくしの母も明治末年の生まれである。

ところで、わたくしは四十歳代半ばを過ぎて五十に近い年齢である。二人の子どもがいる。子どもの親として、身につまされるものがある。我が子から露伴のように見られていないだろうか。我が子のことを強く、かつ、激しく思うあまり、つい厳しく、口やかましくなっていないだろうか。愛情のあまり、つい厳しく、口やかましくなる。

## 6

中学生の時、わたくしはふと、こんな家に生まれて損をしたと思った。父も母も自分の親として気に入らなかった。親しい友人の家に行って、その親の様子を見ていたら、その親にあこがれその家の子になりたいとしきりに思った。

大学を卒業し社会人となってから、こんな親でも親は親だとあきらめの気持ちで、親たちといいかげんに付き合ってきた。今から思うと、冷や汗の出る思い上がった考えである。

傲慢で不遜は、ある意味で「若さの特権」だと言える。しかし、わたくしの場合、この生意気さは並はずれたものだった。特に父とはよく、いさかいを起こした。

しかし、現在、老母と年に一、二度一緒に暮らしてみると、頭の下がることが多い。父はわたくしが就職して二年目に亡くなった。それから、母は一人で十年二十年と、一人暮らしを続けていた。

老母は時々辛辣なことを口走り、わたくしをカッとさせる。しかし、母は料理をしたり、洗濯、掃除をしたりする時、わたくしへの愛情をチラッと示す。それはぼんやりしていると全く気がつかない。そして、わたくしがいよいよ関東の家に帰る日が来る。その日の朝、バスに乗って母のいる家を遠ざかるにつれて、心がだんだん動き出す。

## 7

この冬、わたくしが故郷に帰ると知って母は、好物の納豆、魚、かまぼこ、蕎麦などを冷蔵庫に入れておいてくれた。わたくしは何も気づかず、冷蔵庫を開けてこう言った、「こんなにたくさん買い物をして、どうするの?」

冷たい言葉である。母は炬燵に入ったまま、ただ黙っている。

それから、わたくしは久しぶりに湖のあたりを自転車で回ろうとして納屋に入った。夏に一週間ほど、乗った自転車である。そのまま放置していた。自転車に埃やゴミなどがかからないように厚手の紙で覆いがしてあった。「こんなよけいなこと、せんでもいいのに！」と文句を言いながら、わたくしは覆いをはがした。

母のいる古い家で、わたくしはどこかで母を頼りにしている。オーバーや手袋をあちこちに脱ぎっぱなしにしておいて、母から叱られる。また、靴の脱ぎ方が乱暴だと注意される。しかし、そんなことはへっちゃらだ。叱られても注意されても意に介さない。母が片づけてくれると頭から決めている。少年のように母に甘えている。

わたくしは昔住んでいたこの家に今いる時、妻や子どもたちの間で見せたことのない無邪気さを発散させた。

こうした親子関係が、いつまで続けられるだろうか。この家に戻ってくるときがあって、冷蔵庫を開けて、わたくしは一人泣くことがあるかもしれない。また、雨ざらしになって錆びついたなつかしい自転車を見て、母のことをあれこれと思うことだろう。

幸田文は「死はその人の上になされても、死の苦しみというものはあるいはその人と最もかかわり深き生きのこりのものに授けられるものではないだろうか。」（新潮文庫『父、こんなこと』十四ページ。昭和五十三年八月第三十一刷）と述べている。

死はわたくしの母の体の上になされても、「死の苦しみ」という挑戦は生き残った者たちに向って来るのかもしれない。

この挑戦を受けて立つ覚悟は、わたくしにはまだできていない。わたくしはまだまだ、親に甘えていたい。親がいなくなるということは、この世に於いて唯一甘えられる存在を失うということである。

## 8

わたくしは読書に疲れた眼を窓の外に向けた。道路を挟んだ向こう側の駐車場に、五十歳くらいの女性がホースで水をまいている。そこへ、二十歳を過ぎたくらいの娘がやって来て、何かおねだりをしている。「レピア（＊百貨店の名前）でブーツを買ってよ！」などと甘い言葉を吐いている。「あんた、一つ持ってるでしょ。がまんしなさい。」母親はそう言って取り合わない。それでも娘は引き下がらない。相変わらず、娘は甘い言葉を繰り返している。

関東の実家にいるわたくしの妻と娘のことを思い出した。親と子の関係は、このようなものだろうか。

# 第四章　ふるさと礼讃

人々はこのわたくしが「訣別と逃避とのために、この故郷に来たのだ」と言ったら、おそらく怒るだろう。しかし、実際はそうかもしれない。

わたくしの生き方は未だ定まっていないが、おそらく埼玉の地に永住することになるだろう。わたくしはこの、秋から冬にかけて二十五年ぶりにここで四ヶ月暮らした。その結果が、今言ったことになる。

それは実験し、実証したのである。しかし、この結論を他人に強要するつもりはない。あくまでも、わたくし自身の結論である。

わたくしはそもそもこの土地になぜ来たのだろうか。なつかしくて来た？　そんなものじゃない。「お前も年をとったから、親類の多くいる故郷が懐かしくなったんだろう。」そのようなメフィストフェレスのささやく声が耳元で聞こえる。だが、実はそうでない。都会のわずらわしさから逃げ出したかった、それだけである。

わたくしは、よほどの自然児に生まれついたらしい。山、海、川、湖が、むしょうに恋しくなる。

わたくしの心の養分は自然と本（書物）である。本（書物）は都会では飽きるほど満たされる。しかし、都会では自然はなかなか満たされない。殊にわたくしの住む埼玉は、平野が果てしなく続くだけで、平凡だ。秩父や武蔵野の辺り、また、筑波山のふもとなどに行けば、面白い所もある。しかし、あいにく、わたくしの住んでいる所（埼玉県久喜）にはそのような所がないので、いつも不満をくすぶらせてきた。

そこで、やっと機会を得て、自然の豊かな土地に飛んで来たのだ。都会の喧騒や、風景の平凡から脱け出して、ここへやってきた。そして、静けさ（心の安らかさ）を充分得ることができた。また、自然風景の面白さを堪能することができた。しかし、人には落胆した。それほど多くの人と付き合ったわけではないが、この土地の人々とは親友になれなかった。

思い切って言ってしまおう。この土地の人は独善主義で頑固。また、他人の欠点をあげつらうのを楽しみとする。そして、恩着せがましいことを行なったり、述べたりする。また、金金と言って物事を金に換算する。そして、身びいき、親類びいきが強い。村の面積が狭くて閉鎖的だから、このようなことが起こるのかもしれない。人口が少ないのも、そのせいであろう。

四ヶ月ここで暮らしていると、今述べたことで、うんざりしてしまう。村の空気は清浄であり、自然の景観はこの上なく素晴らしいのに、惜しい気がする。

すると、「どこへ行ったって同じだよ。埼玉だって善良な人ばかりじゃないぞ。」メフィストフェレスふうの男がそうささやく。悔しいけれど、彼の言うとおりかもしれない。

人間なんて、どこへ行っても同じさ。いい人もいれば悪い人もいる。「人生、至る所に青山あり」の心境で、もう一度考え直すか。

しかし、一方で、このような土地に安住していいのか、もっと激しく動き回る都会がお前にふさわしいのではないかと、せき立てる声がする。このような土地に引きこもるのは早すぎる。都会に戻って来い、君にしかできない仕事があるんだ、君を頼りにしている人が大勢いるんだ、等とわたくしをひそかに呼ぶ声がする。

# 第五章　灰谷健次郎論

## 1

灰谷健次郎の作品『島物語』シリーズは全五巻である。出版社は理論社。絵の担当は坪谷令子である。わたくしはこのシリーズを初めからずっと読んできたが、第三巻で終わりかと思っていた。しかし、第三巻の後、四年後に第四巻が出て、そして最終の第五巻がさらに十年後に出て、終わりとなった。したがって、この『島物語』シリーズは十六年かかって完成したことになる。そういう意味で、わたくしはこの『島物語』シリーズは灰谷健次郎の作品『兎の眼』『太陽の子』に次ぐ大作だと判断する。

わたくしは長い間、灰谷健次郎の作品と彼の人間としての行動を見てきた。彼から手紙も何度かもらった。また、東京で彼の講演も聞いた。そういう意味で、灰谷健次郎はわたくしにとって児童文学研究の恩人である。師匠ではなく、同志に近い人であった。

わたくしが書いた著書『灰谷健次郎を軸として　現代児童文学の課題』（右文書院　一九九〇年五月）では『兎の眼』と『太陽の子』を中心に論じた。その後しばらくは灰谷について論じなかったが、近年、『石井桃子論ほか』（てらいんく　二〇二〇年一月）所収の「野上弥生子の児童文学」で、野上の作品「哀しき少年」と並べて灰谷の作品『天の瞳　幼年編Ⅰ』を取り上げた。灰谷の『天の瞳』シリーズは児童書とは言えないが、灰谷らしい特色も見られた。

その後、新型コロナウィルスで巣ごもり状態の生活が続いたので、再び灰谷の作品を読み直した。そして、わたくしの注目したのが『島物語』シリーズである。

『島物語』シリーズの全五巻は次のとおりである。

第一巻『はだしで走れ』（一九八三年六月　第二刷）
第二巻『今日をけとばせ』（一九八三年九月　第一刷）
第三巻『きみからとび出せ』（一九八四年十二月　第二刷）
第四巻『ほほ笑（え）みへかけのぼれ』（一九八八年十一月　第一刷）
第五巻『とべ明日（あす）へ』（一九九八年八月　第一刷）

これらの作品のまず第一巻から第三巻までを読解してみよう。それらの題名は次のとおりである。

第一巻『はだしで走れ』（一九八三年六月　第二刷）
第二巻『今日をけとばせ』（一九八三年九月　第一刷）
第三巻『きみからとび出せ』（一九八四年十二月　第二刷）

## 2

灰谷健次郎が淡路島に引っ越して長編物語を構想中であるのを、わたくしは聞いていた。いったい、どのような作品になるかは全く分からなかった。しかし、次々に本が出てくると、ああこういう物語なのかとある程度、推測できた。まず、既刊の三冊を読んでみた。

第一巻は『**はだしで走れ**』（一九八三年六月　第二刷）である。その始まりは次のとおり。

ゴンが家にもらわれてきたとき、かあちゃんは、「かわいそうに。ほら、震えているわ。まだ、ほんの子どもの犬なのに親や兄弟からはなされて……」と言った。

とうちゃんも、「急に見知らぬところにやって来たやもんなあ」と、ゴンに同情した。

その、とうちゃんとかあちゃんが、みんなで知らない土地に引っ越すという。ゴンに同情したくせに、ぼくたちをゴンのような目にあわすという（注1）。

この書き出しは、引っ越しという家族の大事件をすぐに読者に提示し、読者を作品の中に一気に引き込んでしまう。そのような筆法は実にみごとである。

作品の中心人物は、「ぼく」（名前はタカユキ）である。彼は友だちから、タカタカぼうしというニックネームで呼ばれる小学生。彼は作品の語り手であり、しかも視点人物である。読者はこのタカユキの眼と頭・心を通して、この物語世界へ入っていく。この設定は『島物語』全五巻に徹底している。

ところで、この家族の引っ越しはすっきりと進行しない。それは中学生のお姉ちゃん（名前は、かな子）が猛烈に反対するからである。「そんなん、大人の勝手や。大人の都合で、子どもの生活を大人の考えに従わせるというのは、暴力や。」と姉ちゃんは言う。すると、弟のタカユキはこう言う、「ぼくは生れてからずっとここに住んでるねんもんな。大人の友だちも子どもの友だちもいっぱいいてるやろ。ぼく、行かへんで！」このように言う姉と弟を父親はどのように説得するのか、また、どのようにして島へ連れて行くのかが、まず第一の読みどころとなる。

避けられないのは、父と姉との対決である。父がさんざん説得したのに、かな子はこう言った。「引っ越しはあんたたちが勝手にやってんでしょ。わたしに関係ないもん。」すると、父の行動は次のとおり。

> とうちゃんが顔色を変えて立ち上がった。あっという間だった。とうちゃんの平手打ちが、姉ちゃんの頬にとんだ。にぶい音がした。ぼくは自分が殴られたように、思わず頬に手をやっていた（注2）。

ついに父の平手打ちが登場した。この箇所で作者は父の平手打ちという行為をどうしても正当化する。母とタカユキは父の方に近づくが、姉は孤立する。

姉のかな子は当初から、父の引っ越し案に賛成しなかった。そして、島へ引っ越しても、元の学校に通わせてくれることを条件に、父たちと一緒に島へ渡った。

かな子は島での生活を通して父の考えが少しずつ分かりかけていく。有機農業や、ニワトリの飼育など自然の中での生活に興味を持ちつつある。しかし、かな子はたやすく、父と和解しない。

かな子のような若者は、今日の社会ではどこででも見出せる。しかし、この物語の父のような人物は珍しい人物である。明治生まれの父に似ているとは言い難いが、なかなか背骨の通った強烈な父である。そのような珍しい人物を登場させ、現代の若者と対決させている。

島への引っ越しは、ユートピアを志向する父の慈愛に満ちた行動だとも読み取れる。そして、親が子に課す試練がどのようなものかという課題も見えてくる。したがって、この『島物語第一巻　はだしで走れ』は子ども読者のみならず、大人読者にも問題を投げかけていると、わたくしは思う。

### 3

灰谷健次郎文学の特徴は、第一に、作者の灰谷自身を磨(みが)こうとすることである。そして第二に、読者と共に作者自身も楽しもうとすることである。灰谷文学の読者には、子どももいれば大人もいる。その読者たちを自分と切り離さないところに、灰谷文学の謙虚さがある。灰谷文学が発するメッセージは、自分以外の読者に向かって啓蒙するメッセージではない。彼の文学が発するメッセージは時には、傲慢な感じのする時がある。しかし、作品をよく読んでいくと、多くの読者の中に自分を含めて批判するという「自己批評」の姿勢が作者灰谷に見られる。だから、わたくしは灰谷健次郎の文学を高く評価するのである。

『島物語第二巻　今日をけとばせ』（理論社　一九八三年九月＊第一刷）を見てみよう。

この物語は、タカユキの父（名前は津田史郎、貧乏な画家）、母、姉かな子らが島に移住して村の人々と共に有機農法に取り組み、自給自足に近い暮らしを続けて行こうとする話である。

そして、ある日の夜、農薬を使わないため家族で虫取りをすることになる。それは次のとおり。


父ちゃんの言った通りやった。その日、夜の八時頃に懐中電灯をつけて畑に出ると、びっくりするくらい凄い数の虫やった。

いろいろな野菜に、ヨトウムシや青虫、長さ一センチ位の真っ黒な虫などがびっしりついている。その虫たちがざわざわと一斉に葉を食べる音が聞こえてくるような気がした。

母ちゃんと姉ちゃんは、こわいものでも見るように立ちすくんでいた。

長いものが嫌いな二人は、ぞっとして畑に入ることができないのやろ、きっと。

「すごいなあ」と、ぼくは言った。「こいつは大きくなったらモンシロチョウになるのやで」ぼくが一匹の青虫を指さして、そう言ったら、父ちゃんは、「ここはチョウが多くて、まるで天国みたいやといつかみんなは言ったけど、お百姓の身になって考えると、ここは地獄やということにもなるのや」と、言った。

「そやなあ」と、ぼくは相槌を打った。このことは岸本先生に教えてやらんといかんなあと、ぼくは思った（注3）。

ここはタカユキの視点で描かれている。小学生が書く作文のような文章である。長い間、小学生の作文を見てきた元小学校教員の灰谷は、子どもの作文は実によく知っている。ところで、この引用文の中で注目するのは、「ここはチョウが多くて、まるで天国みたいやといつかみんなは言ったけど、お百姓の身になって考えると、ここは地獄やということにもなるのや」という箇所である。

これはタカユキの父が言った言葉であるが、それと同じことをタカユキが学校の岸本先生に言おうと決意する。岸本先生は蝶の収集家であり、蝶という言葉を聞くと夢中になる、そのような人である。

『島物語第二巻　今日をけとばせ』では、『島物語第一巻　はだしで走れ』で高飛車（たかびしゃ）にものを言ったりしたタカユキの父が、やんわりとして、以前より物分かりが良くなった。

また、元気のいいハルおばあさんが登場する。はたして、この後、物語はどうなるだろうか。

# 4

『島物語第三巻　きみからとび出せ』（理論社　一九八四年十二月＊第二刷）を見てみよう。この作品には大きな問題が二つ取り上げられている。

その一つは、家出をした姉かな子にタカユキが会いに行き、かな子の友だち良子（りょうこ）の姉美鈴（みすず）（通称、ミータン）を探すのを手伝わされるということ。もう一つは、「おるすですのおっちゃん」（園芸屋の主人）がお店の改築記念パーティーで大ご機嫌だったのに息子の幹（かん）ちゃんが盗みをしたので激怒して豹変するということ。

これら二つの問題はいずれも、タカユキらの家族が以前住んでいた都会で起きた事件である。よって、この『島物語第三巻　きみからとび出せ』は島でのタカユキらの家族が原始回帰的な生活を送るのと、もう一つ別の都会における生々（なまなま）しい暮らしが示されている。そして、この二つの異なる生活圏を往還する人物がタカユキである。したがって、タカユキは両方の生活圏を見つめるのだが、彼はどちらかというと島の暮らしに魅力を感じている。

タカユキは父と同様、都会で失われてしまった「かつての良き生活」を島で発見し、それを持続させようと力を尽くしている。

具体的に示してみる。まず、タカユキが島で父と魚釣りをしている場面。次に漁師の栄治さん（通称、正義の味方）の底引き船に乗せてもらって子どもたちが甲板で魚を追いかける場面。

「餌をとられたんかなあ」ぼくはがっかりして言った。「いや、タカユキ待て。もうちょっと待ってみい。大きいやつが来るときは……」父ちゃんの声が終らぬうちに、ぼくの浮きがグイと沈んだ。

「それ」あげる。ガクンとものすごいショック。竿の先が弓なりになる。

「父ちゃん！」ぼくは悲鳴を上げた（注4）。

もう一箇所あげる。それは次のとおり。

「網上げるぞお」正義の味方は、二人（＊竹長注記、船酔いをして元気をなくしていた欽どんとトコちゃん）を励ますように怒鳴った。

また、ウィンチがうなる。網が上がってきた。正義の味方は今度は、網の中のものを一度にぶちまけるようなことをせず、網の一番下の部分を端の方に置いて、そして紐を解いた。ゴミと獲物が別々になるようにしてくれたというわけ。

「わ！」と、ぼくらはまた大声を出したけど、今度は、だいぶ、嬉しい気持ちの混じった声やった。

欽どんがのそのそ起きて、こっちへやって来た。トコちゃんも体を起こしてこっちを見ている。

わ！の声の下に、タイ、フグ、ベラ、カレイ、クルマエビ、アナゴ……と、今度はずいぶんたくさんの魚がはねていた（注5）。

このような箇所を子ども読者が読むと、心をワクワクと、ときめかす。作品の主題とは少し離れた部分だが、このような箇所を読むと、心に強く残る。大人読者も、このような部分に立ち止まって感動するであろう。

こうして灰谷文学の子ども読者と大人読者とが歩み寄り、共に大きな読みの坩堝（るつぼ）の中に入っていく。

## 5

『島物語』シリーズの第四巻と第五巻を以下、読解する。

第四巻『ほほ笑みへかけのぼれ』（理論社　一九八八年十一月＊第一刷）の表紙は子どもたちと、その後ろに大人がマラソンで走っている絵である。そして、おばあさんとおじさん、それにメガネをかけた父親が「日本一、がんばれ！　トコちゃん、れーめんちゃん……」と声援を送っている。

目次は次のとおり。

1　どんぶりとチャーハンの味
2　鉄人アイアンマン登場
3　にわかマラソン一家
4　ぼくはランニングコーチ
5　とうちゃんの自然農園
6　かあちゃんの家出
7　ねえちゃんは不良
8　「正義の味方」はやっぱし男
9　生きること
10　ゴールはるか、だけど

この作品の主人公は小学四年生の「ぼく」（タカユキ）。彼は、とうちゃんと、かあちゃんと共に暮らしている。瀬戸内海の島で暮らすのに慣れた。ねえちゃんは中学二年生だが、島に引っ越すのに反対し、街で暮らしている。

タカユキの父は島で暮らすのが好きであり、家族を連れて島へ引っ越した。しかし、タカユキの姉（かな子）は友だちの良子の家に居る。良子の家には大学生の姉がいるだけで両親は父の転勤地に住んでいる。タカユキの母は娘が友だちの家にとどまっているのに心配している。そして、ある日、母はついに家出をする。それは、かな子に会いに行こうとしないとうちゃんに不満を感じたからである。しかし、母は半日、家を空けただけで、夕方家に帰って来た。父はかな子と交換日記をしていた。だから、かな子のことは大丈夫だと自信を持っていた。しかし、母とタカユキはその交換日記の中味を知らないから、腹が立った。

「かな子のことはおまえさんと対等に、誠意をもって話し合っているつもりだぞ」

「わたしはそうは思わないの。とうさんはいつも一歩高いところに立って話をしている感じなの。この手紙は（＊夫に残した置き手紙は）わたしだって身をはってるのよということを、とうさんに示すため。ね、タカユキ」と、かあちゃん。

そんなところで、相槌を求められてもぼくはこまる。

きょう、かあちゃんの味方をしたのは、かあちゃんはねえちゃんのことにはすごく真剣で、とうちゃんはそのかあちゃんの真剣さに合わせてやってえへんな、という気がぼくにしたからや。

とうちゃんとねえちゃんの交換日記のことやけど、とうちゃんはその日記を通して二人だけの間で話が通じたらええと思うとんかな。

ぼくもかあちゃんもそのことについては何も知らん。頭にくるやん。かあちゃんも同じ気持ちやと思う。

ぼくは日記帳の運搬係やから、よけい腹が立つ（注6）。


このように見てくると、読者はタカユキの父よりも母の方に共感したくなる。そして、父をシビアに見る子どももタカユキの言葉に、わたくしは共感する。

父とタカユキとのやり取りは次のとおり。


ぼくはとうちゃんとかあちゃんの話を黙って聞いていた。

だいぶたって、とうちゃんは、「タカユキ、お前はどう思う?」と、たずねてきた。

「今日の成り行きを見ていると、どうやらタカユキはかあさんのシンパらしいが……」

「なんや。シンパて？」

「かあさんの同情者、つまりかあさんの味方（みかた）ということ」

「ぼくはかあちゃんの味方でも、とうちゃんの味方でもないで」

「ああそうか。そういう言い方は悪かったか。じゃ、それは横に置いといて、タカユキは今度のことをどう思うか話してみてくれ」

ぼくはとうちゃんに対して初めに書いた、頭に来ていることのみんなを正直にぶちまけた。

「ぼくは姉ちゃんのことを心配しているから、交換日記の運搬係を何にも言わんと続けてんのやで。ほんまは勝手（かって）もんの姉ちゃんのノートなんか……」

おいおい、そこまで言うなと、とうちゃんは言って頭をかかえてしまった。

「そうか、そういうことか」、とうちゃんは言った（注7）。

## 6

ところで、タカユキの姉かな子が住んでいる家には、良子と姉の美鈴（みすず）が住んでいる。タカユキは時々、かな子が住んでいる家へ行く。すると、良子は「タカ坊、キッスしたことある?」などエッチなことを言う。だから、タカユキは父に「あのきょうだいは不良やもん」と言う。すると父は笑顔で、あのきょうだいは「日曜日や大学の授業のない日に、体の不自由な人に介護のボランティアをやっているんだ」と教えてくれた。そして父は「人は見かけによらないだろう」と言う。さらに、父が言った、かな子は美鈴や良子について行って、介護のボランティアを始めるようになったんだと。

かな子は父との交換日記で次のように書いている。

> とうさんは島でたくさんの自然のいのちとつながってください。わたしはもう少し都会で、心優しい人々のいのちとふれあって、わたし自身を優しい人間にします……（注8）

もう一つ、この物語で特徴的なのは、おハルさんというお婆さんの登場である。おハルさんはひとり暮らしであるが、お百姓の先生であり父がいつも農業の仕方を教わっている。ある日、岡山にいる父の友だちから松茸（まつたけ）が送られてきた。家で松茸ご飯を炊いた。父はそれをおハルさんの所へ持って行けと、タカユキに言った。それでタカユキは松茸ご飯を持って、おハルさんの家に行った。すると、おハルさんは風邪気味で寝込んでいた。それで、タカユキはお茶を沸かしたりして、家事の手伝いをした。また、オムレツも作った。葱の入ったオムレツを見て、おハルさんはびっくりした。そして、前にカンテキ（＊七輪のこと）も知らんのかとタカユキを非難したのに今度は「この頃の子はえらいよ！」と反対のことを言った。

「ありがたいことよな」

おハルさんは両手を合わせて、それから松茸ご飯とぼくの作ったオムレツを食べた。

「あんなあ、おばあちゃん。風邪ひいたときはぼくに言いよ。いつでも来たげるさかいな」

「年寄りを泣かせるもんやない」

おハルさんはそう言って、目をしょぼしょぼさせた（注9）。

このおハルばあさんのことを読むと、わたくしは自分の母のことを思い出した。

そして、この『ほほ笑みへかけのぼれ』の最後は、うず潮マラソンの風景である。前にこの本の表紙に関して述べたように（＊第五節・四十三ページを参照）、この第四巻のフィナーレは大半の人々が走るマラソンの風景である。

タカユキはマラソンに友だちと一緒に参加し、終わりに本部へ行った。そこで完走証とT

シャツをもらった。オレンジジュースも飲んだ。ゴールのところには、おハルさんや市場のおっちゃん、おばちゃんたちがいた。タカユキは友だちの風太（ふうた）と共に、みんなの帰りを待った。タカユキの母も手を振りながら、「楽しんできましたよ」と言ってゴールした。

## 7

『島物語』の最終巻（第五巻）の題名は『とべ明日（あす）へ』（理論社　一九九八年八月＊第一刷）である。

『島物語』第五巻の内容は次のとおり。

1　風のようにやってきた子
2　すき焼きの味
3　ハナエちゃんの秘密
4　パンツ屋のおっちゃんの受難
5　おっちゃん、しっかりしいや
6　おっちゃんの大手術

7　ハナエちゃんの仕事
8　そして……
9　なにもかも消えた
10　ああ神戸
11　うれしいもォーん
12　たこやき君さようなら
13　子どもボランティア
14　明日(あす)へ

これらの章題の中で、わかりにくいのは、「11　うれしいもォーん」である。これはその前の章題「10　ああ神戸」と深い関係がある。「10　ああ神戸」は阪神・淡路大震災のことが中心である。大震災後、タカユキたちは学校へ向かった。すると、学校の校舎はしっかりと立っていた。タカユキは心の中で、（おまえ、よう、頑張ったなあ）とほめた。それから、岸本先生や友だちと久しぶりに会った。子どもたちは互いに抱きつき、転げ回った。嬉しさがこみ上げてきたからだ。すると、どこかのお爺さんが「こらァ！　静かにせえ」と怒鳴った。すると、タカユキの友だちの欽(きん)どんが言った、「うれしいもォーん。静かになんか、できへんぞォ」そして、そばにいたおっちゃんが言った、「すんまへん。大目（おおめ）にみてやってください」　このように阪神・淡路大震災とその後のことが、この第五巻『とべ明日へ』で取り上げられている。

## 8

『とべ明日へ』の冒頭はハナエちゃんという少女（四歳）の話である。この話は第三章まで続き、しばらく間をおいてから第七章で復活する。そして、阪神・淡路大震災の大事件が起こる。そのあと、復興の兆し（きざし）が見えてくると同時に、「子どもボランティア」という未来へ続く話になる。こうして、この『島物語』シリーズは完結する。

わたくしが興味を覚えたのは、ハナエちゃんという未就学児童の話である。このハナエちゃんは意外なことに、第四巻で登場したおハルばあさんのところへやって来た少女である。

ハナエちゃんはどうしておハルばあさんの所へやって来たのだろうか。それは、タカユキがおハルばあさんの所へ行って、わかるのである。ハナエちゃんのお母さんが癌で入院したので、ハナエはおハルばあさんの所へ預けられたのである。

わたくしが興味を覚えたのは、タカユキがおハルばあさんの所へ行ってハナエちゃんと会い、ハナエちゃんと外を散歩するところである。

「もういくつ寝るとお正月、お正月には凧（たこ）あげて……」ぼくは怒鳴るようにうとうて歩いた。ハナエちゃんはとことこ、ついてくる。「ハナエちゃん」「なに」「ぼく、ねえちゃんがおるねん」「ふーん」

「ハナエちゃんみたいに、一人でくらしてるわ」「ふーん」

「ハナエちゃんは?」「あたし?」

「ふん」「あたし、ひとり」

「一人っ子?」「うん」(注10)

この後、第三章「ハナエちゃんの秘密」を読むと、ハナエはおハルばあさんのひ孫だとわかる。ハナエは一人で暮らしているわけではない。今はおハルばあさんと暮らしているのだが、きょうだいのいない、一人っ子だというのである。

## 9

タカユキは病気や死のことに気づき始めた。それは次のとおり。

　ぼくら子どもは、病気とか、人の死なんか、ぜんぜん関係ないと思って暮らしていたけど、ハナエちゃんのお母さんの病気と、ハナエちゃんの心を知って、そうでもないなあ、とぼくは思った。

　とうちゃんの話によると、今の日本は衛生状態が良いことや医学の進歩で、子どもが子どものうちに死ぬことは少なくなったけど、昔は子どもの死は珍しいことではなかったそうや。海や池で溺れて死ぬ子も、今より多かったと言うていた（注11）。

この後、パンツ屋のおっちゃんはハナエちゃんのお母さんが癌だということを聞いて自分も心配になり、病院で精密検査を受けようとする。奥さんに連れられて病院へ行ったが、ベッドの空くのを待つため家へ帰って来た。その時の様子は次のとおり。

「みんな、おっちゃんに言うたってえ。聞き分けのない小さな子みたいに、駄々ばっかりこねてんの。検査なんかせえへん。死ぬのやったら死んでもええなんて、めちゃくちゃ言うのんよ」おばちゃんは言った。

パンツ屋のおっちゃんは、プイと横を向いている。おばちゃんは車から降りて、運転席の方のドアを開けた。パンツ屋のおっちゃんは、おばちゃんの肩につかまり、そろりそろりと足を運んだ。みんな、あわてて駆け寄り、おっちゃんの体を支えた。

「ありがと。あんた、しっかりしてよ。子どもがこんなに心配してくれてるのに」

おばちゃんは、おっちゃんを叱(しか)った。

おっちゃんは玄関の敷居(しきい)をまたぐ時、ぼくらにひょいと右手を上げて見せた(注12)。

お年寄りの姿、表情が実によく書けている。

この後、おっちゃんは精密検査を受け、手術を受けた。タカユキたちは学校を休むと言ったが、近所のおっちゃんは「気持ちだけでじゅうぶんや。お前たちの心に守られて、パンツ屋のおっちゃんは安らかに手術を受けるやろ。そのかわりに学校が終わったら、病院へ来(き)なさい」と言った。

そして、子どもたちは学校が終わると急いで病院へ駆けつけた。手術は六時間たっても終わらなかった。おばちゃんは地下の売店でジュースを買って来てくれた。

そして、手術が終わった。手術室から移動式のベッドが出てきたのは次の様子だ。

「おっちゃん」「おっちゃん」、口々に叫びながら、ぼくらはおっちゃんのところへ駆け寄った。「静かにしてください」　ちょっとおばあさんみたいな看護婦さんが、冷たい口調で言うのやった。「おっちゃん」「おっちゃん」　おっちゃんの顔はほんのり赤く、何だかお風呂上がりの人の顔のようやった。「おっちゃん、元気そうな顔いろや」れーめん（＊れい子。タカユキと同じ小学生）も安心したように言ったが、また、あのおばあさんみたいな看護婦さんが、「輸血と酸素吸入をしている時は、誰でもこういう顔色になるのです」と言うのやった。　すかんわァ……という顔をして、れーめんはその看護婦さんを見た。（中略）おっちゃんは、こんこんと眠っている。（おっちゃんは、まだ何にもわからへんねんやろな。もう手術、すんだよ。よかったなあ、おっちゃん）　ぼくは心の中で、おっちゃんに話しかけた。

　おっちゃんは手術室から、自分の病室へ移動しているところなのだが、看護婦さんにまじって、ぼくらが付き添っていたから、きっと夢の中で安心していたと思う。そんなぼくらを、にこにこ見ている看護婦さんもいるし、じゃまな子やなという顔をしている看護婦さんもいる。その、じゃまな子やなという顔をしているうちの一人が言った、「あんたら、なんやの」　カツドン（＊タカユキと同じ小学生）は、毅然（きぜん）と言った「おっちゃんの子。みんな、おっちゃんの子ォや」一人の看護婦さんが、ククと笑った（注13）。

パンツ屋のおっちゃんの手術を見守る子どもたちのものすごいエネルギーを感じる。これだけ、おっちゃんは子どもたちに愛されていたのだろう。灰谷健次郎らしい描写の再現を見る思いが、わたくしには湧き起った。

## 10

再びハナエちゃんのことに続ける。ハナエちゃんのお母さんの名前は静子であり、静子さんは大阪の病院に入院している。ハナエちゃんのお父さんは東京の出版社に勤めていて、週末に静子さんのいる病院にやって来る。それは第七章「ハナエちゃんの仕事」に記されている。

普段は静子さんのお母さん（ハナエちゃんにとって、母方のおばあさん）が付き添って看病しているという。それはタカユキが得た情報である。ある日、ハナエちゃんはお母さん（静子さん）のいる大阪の病院へ見舞いに行った。その帰り、島に帰る時、船の中でハナエちゃんはタカユキとおハルばあさんに、お母さんが絵本を読んでくれたことを話した。それは次のとおり。

「そうかい。そりゃ、よかった。きのうは、気分がよかったかい」

「うん。よかった」

「じゃ、絵本を読んでくれたかい」

「よかったの」

「うん」

ぼくは（＊タカユキは）ハナエちゃんとおハルさんのやりとりを横で聞いていて、ハナエちゃんのお母さんの気分の良い時は、ハナエちゃんも気分が良くなり、お母さんの気分の悪い時は、ハナエちゃんも気分が悪くなってんねんやなあと思った（注14）。


静子お母さんがハナエちゃんに読んであげたのは、筋肉の力が弱い障害児まりこちゃんの話だった。また、まりこちゃんは猫のクロをかわいがっていて、クロがお腹をこわした時はクマザサの葉をあげてなおしてあげたという。また、まりこちゃんがマツバボタンの花に「おはようさん」と言って雄蕊（おしべ）にさわると、雄蕊はみな、まりこちゃんの方へ傾（かたむ）いた。

このような障害児の少女まりこちゃんの話は、以前灰谷が創作児童書で書いたことのある話だと、わたくしは思い出した（注15）。そして、その時、書き方に問題があり、障害者差別だという批判の声もあった。しかし、その後、ずいぶん時間が経ってから、灰谷がこのような形で再び障害児まりこちゃんのことを挿話として書くのは灰谷の心の底にこのことが深く残っていたからだと思う。

## 11

作品『とべ明日へ』の山場は、阪神・淡路大震災のことである。「第九章　なにもかも消えた」から、それが始まる。

一月十七日の朝、タカユキは起きて、母とご飯を食べようとした。母は「パンツ屋のおっちゃん、がんばってる?」と聞いた。「うん、手すりなんか持てるようになってん」と答えた。「それはよかったわね。大進歩じゃないの」「毎日のリハビリが利いたんや」等と話をしていた。その後は、こうである。

（*タカユキが）二つめの卵焼きに手を延ばそうとしたときだった。一瞬、何が起ったのか信じられなかった。

ぐあどーん！

ぼくも、かあちゃんの体も宙に飛んだ。家に中のあらゆるものが踊り出し、あっという間に吹っ飛んだ。

「わっ！」「あー！」真っ暗。叫ぼうとするのだが声が出ない。（これ何や。ウソや）

ぼくは心の中で叫んでいた。

どさどさどさっと頭の上に、何かが降って来た。

「うわあー、痛いィ！」すごい横揺れが来た。

ああ――揺れているゥ――と思ううちに、何もわからなくなった（注16）。

タカユキが気が付くと、目の前に父の顔があった。父は「しっかりしろ！　タカユキ！」と何度も声をかけ、タカユキがうわ言のように「これ何や」とつぶやくと、父は「地震や。とんでもない大地震や」と言った。母は怪我をしていた。まだ何が落ちてくるかわからないと父は言い、かあさんはテーブルの下にタカユキを寝かしてあると告げた。

タカユキは家の中にいるのに空が見えると不思議に思うと、父は屋根が抜けてしまったと言う。犬のゴンは尻尾を巻いて、ぶるぶる震えていた。

タカユキがかあさんの寝ている所に行くと、かあさんの頭にはタオルがぐるぐる巻いてあった。タオルには血がにじんでいた。

地震が来た時、お父さんは家に居なかった。だから、怪我はしなかった。だが、家に居たお母さんは怪我をした。そして、お父さんが家に帰って来てからも、余震が何回も続いた。

タカユキはハナエちゃんとハルおばあさんのことが気になった。お父さんは知り合いの竹三(たけぞう)さんの家に行った。竹三さんの家の近くにハルおばあさんの家があった。二軒とも高台にあったので、揺れはすごかったが倒壊することはなかった。

それから、竹三さんの運転する車に乗せてもらって、タカユキたちはお母さんを診療所へ連れて行った。車にはお父さんとゴンも乗った。

## 12

第十章「ああ神戸」を読むと、タカユキの姉かな子の消息が分かる。かな子は地震の時、友だちの良子の家に居た。良子の家は兵庫県明石(あかし)の魚市場から少し離れた山手にある。

タカユキは父と一緒に船に乗り明石に行き、姉の友だちである良子の家へ行った。良子の家はしっかりと建っていた。だが、屋根の瓦はみな、ずり落ちていた。家の中に入ると、家具が散乱していて、足の踏み場がない。そのような時、父はふと、一枚の紙きれを見つけた。それには次のことが書いてあった。「みんな無事。小学校に避難しています。　美鈴、良子、かな子」それを見た父は泣いていた。無事を知って、嬉しかったのである。

この後はフィナーレに続く。明石の避難所でみんなが一生懸命に働く。食事の手配、病人と怪我人の世話など。かな子たちはいち早く、ボランティアを始めた。かな子は「みんな、元気？　かあさん、元気？」とタカユキに尋ねた。タカユキはかあさんの頭の怪我のことを思ったが、姉を心配させたらいかんと思い、「うん、元気」と答えた。「タカ坊。よく、ここまで来(こ)れたわね。大変だったでしょ」と美鈴(ミータン)が言った。すると、タカユキは「大変じゃ。ここまで泳いできたんやぞ」と冗談を言った。こんなに寒い冬の海をどうして渡って来れるものだろうか。隣にいた元気な青年は「泳いで海を渡れば、高野豆腐(こうやどうふ)になる」と言って笑った。

姉かな子や知り合いのみんなが無事だということがわかって、父とタカユキは島へ帰る予定を立てた。島で竹三さんの家に居る母さんと電話をした。母さんに異常はなかった。母さんは、かな子姉さんやみんなが無事だと知って、電話口で泣いていた。それから、父はかな子姉さんのボランティア活動のことを話し、こちらも大変なので、今少し残って手伝いをするよと言った。タカユキもそれに賛成。

震災で死んだ人は五百人以上となった。まだまだこれからいくらになるか見当がつかない。

神戸の長田区から避難してきた人の話によると、避難所で死んだ人は毛布にくるんで、隅っこに置いてあるという。救援する人は精神的にも肉体的にも疲れ切っているようだ。

被害はだんだん明らかになった。二千人以上の人が死に、千人以上の人が行方不明だという。阪神高速道路の根元が折れ、コンクリートの道路が横倒しになった。神戸の三宮の大きなビルが倒れた。そして、給水車の前に多くの人が並んだ。

そのような中、うずしおマラソンで完走した山東伍朗さんがやって来た。山東さんはリュックサックの中から、手紙とチョコレートを取り出して、子どもたちに配った。手紙は大学生が書いた励ましの中味であり、しかも、ボランティアでそちらへ行くと書いてあった。そして、伍朗さんはこう言った、「ぼくの大学だけじゃなくて、今、日本の、たくさんの若者がボランティアとして阪神・淡路入りを目指しているよ」

それから、タカユキの家族たちは島へ戻った。最終の第十四章「明日へ」では、父と母それに姉のかな子も一緒だった。お昼ご飯を竹三さんの家でいただいた。自分たちの家を見に行く前に、おハルさんの家に行った。おハルさんの家にはハナエちゃんがいた。

タカユキはハナエちゃんに「お母さんのいる病院、無事やった？」と聞いたら、「うん、無事やった」と答えた。よかったなあとタカユキは言った。自分たちの家を見に行ったら、「どたんとすねたように」つぶれていた。ニワトリやアイガモは元気に騒いでいた。お父さんはここへ丸太小屋の家を建てようと思うと言った。そして、「頭と体を使って、こつこつ、家を作る」と言った。タカユキは大きな声で「手伝う！」と言った。かな子もしっかりと、うなずいた。犬のゴンも、ワンワンと鳴いた。

こうして、『島物語』全五冊は幕を閉じた。

## 13

わたくしは久しぶりに灰谷健次郎の『島物語』シリーズ全三巻を読了した。とても興味深かったが、特に最終巻の『とべ明日へ』が良かった。阪神・淡路大震災のことが如実に書かれていたし、『ひとりぼっちの動物園』所収の作品「だれも知らない」を想起させるところがあり、灰谷文学の特徴がよく理解できた。

灰谷健次郎は既に故人となり、もう会うことはできないが、彼からもらった手紙を時々取り出して彼のことを思い出している。灰谷健次郎のようなスケールの大きな児童文学者が出現することを今後に期待している。

## 注

（1）灰谷健次郎『島物語第一巻　はだしで走れ』（理論社　一九八三年六月＊第二刷）五ページ。引用は随時、平仮名を漢字に改めた。以下同様。

（2）前出（1）『島物語第一巻　はだしで走れ』三八ページ。

（3）灰谷健次郎『島物語第二巻　今日をけとばせ』（理論社　一九八三年九月＊第一刷）五〇〜五二ページ。

（4）灰谷健次郎『島物語第三巻　きみからとび出せ』（理論社　一九八四年十二月＊第二刷）八九ページ。

（5）前出（4）『島物語第三巻　きみからとび出せ』二二七〜二二八ページ。

（6）灰谷健次郎『島物語第四巻　ほほ笑（え）みへかけのぼれ』（理論社　一九八八年十一月＊第一刷）一三四〜一三五ページ。

（7）前出（6）『島物語第四巻　ほほ笑（え）みへかけのぼれ』一三七〜一三八ページ。

（8）前出（6）『島物語第四巻　ほほ笑（え）みへかけのぼれ』一五九ページ。

（9）前出（6）『島物語第四巻　ほほ笑（え）みへかけのぼれ』一九八ページ。

（10）灰谷健次郎『島物語第五巻　とべ明日（あす）へ』（理論社　一九九八年八月＊第一刷）十〜十一ページ。

（11）前出（10）『島物語第五巻　とべ明日（あす）へ』六三ページ。

（12）前出（10）『島物語第五巻　とべ明日（あす）へ』八二〜八三ページ。

（13）前出（10）『島物語第五巻　とべ明日（あす）へ』一三一〜一三五ページ。

（14）前出（10）『島物語第五巻　とべ明日（あす）へ』一五一〜一五二ページ。

（15）灰谷健次郎『ひとりぼっちの動物園』（あかね書房　一九七八年）所収の作品「だれも知らない」に登場する麻理子が、このハナエちゃんにそっくりだと、わたくしは判断した。なお、作品「だれも知らない」に関するわたくしの小論に関心のある方は拙著『灰谷健次郎を軸として　現代児童文学の課題』（右文書

院　一九九〇年五月）二二三〜二二八ページを参照していただきたい。

（16）前出（10）『島物語第五巻　とべ明日（あす）へ』二〇二〜二〇四ページ。

# 第六章　北山修のこと

## 1

北山修さんと呼びたいところだが、この文章では敬称はあまり使わないことにする。彼はわたくしと同年齢である。彼は一九四六年（昭和二十一）六月、兵庫県の淡路島で生まれた。わたくしは同年十月、福井県の若狭で生まれた。同年であるがわたくしより四ヶ月早く生まれたので兄貴的存在である。

しかし、彼とは長い間会うことはなかった。しかし、偶然、勤め先で会うことになった。勤め先にはわたくしの方が先に勤めていて言いたいところだが、たまたま廊下ですれ違って、「あれ！」と感じた。スマートな身なりの紳士であるが、ネクタイはせず、昔ながらの青年のようであった。わたくしより少し早い生まれであるのに、わたくしの方が年より臭い感じがした。ジーンズ姿ですらりとした背の高い人だった。学長室で他の先生たちと話し合っていた時、ふと振り返ってみたら、彼の髪は白髪だった。今でもボーイッシュな姿で、先程述べたようにジーパンをはいている、まさに青年のような彼であったが、いろいろと話す言葉をきいたり、話す時の表情を見ていたりしたら、わたくしも少年期に戻っていくような気持ちになった。

## 2

北山修さんの著書『戦争を知らない子供たち』(ブロンズ新社　一九七一年三月一日第一刷)を手にしたのは、一九七一年(昭和四十六)六月である。この本は同年三月二十日には第五刷を発行している。何しろ、ずいぶん早く増刷が始まった。そして、その後、再びこの本を購入した。それは同年五月五日の発行で第十七刷である。

さて、著書『戦争を知らない子供たち』の末尾に記されている北山の経歴は次のとおり。

一九六五年(昭和四十)からフォークソングを志し、フォーク・クルセダーズを結成。一九六七年(昭和四十二)の冬、私家版で作ったレコード「帰って来たヨッパライ」が大ヒットし、マスコミにデビュー。フォーク・クルセダーズの解散後も、たくさんの歌詞を作った。代表作に「風」「花嫁」等。京都府立医科大学で精神医学を学んでいる（注1）。

この後の彼の経歴を簡単に述べると次のとおり。

北山は京都府立医科大学を卒業後、二年間、札幌医科大学の内科研修生として勤務した。その後、イギリスに渡りロンドンのモーズレイ病院やロンドン大学で精神医学を学んだ。帰国後、群馬大学、九州大学で勤めた。また、東京で南青山心理相談室を開設した。二〇一〇年四月から栃木県小山市の白鷗大学に特任教授として就任した。

このように見てくると彼は、フォークソングの作詞家から後に精神医学の学者となったのである。そして、この両面で大きな功績を残した。北山はこれからもさらに活躍するであろうが、わたくしは彼の原点に近いものを見てみようと思う。

## 3

ブロンズ新社の発行していた雑誌に『THE OTHER MAGAZINE YOU』があった。その一九七一年（昭和四十六）十月号に、わたくしは短い文章を書いた。そのタイトルは「戦無世代の平和宣言」である。その内容は次のとおりである。

北山修の『戦争を知らない子供たち』が読まれ、ジローズの「戦争を知らない子どもたち」が我々の間で盛んに口ずさまれている。ぼくが電車に乗って、隣の若者が読んでいる本をちらっと見たら、それは北山修の本だった。また、勤務先の高校へ行って、新入生歓迎会の様子を見ていると、「♪　戦争が終って、ぼくらは生まれた♪」のメロディが耳に入ってくる。

この歌は「おとなになって歩きはじめる　／　平和の歌を口ずさみながら　／　ぼくらの名前を憶(おぼ)えてほしい　／　戦争を知らない子どもたちさ」という内容であり、反戦歌などでもない。戦無世代のロマンティシズムを歌っているようだ。

ぼくと同年の北山は、本によると「真面目過ぎたから、戦争が起ったのさ」と言う。北山によると、人間の心は「不真面目だけれど良心的」と「真面目だけれど非良心的」の二つに分けられるそうだ。前者は子どもの心で、後者は大人の心だそうだ。そして、フォークソングは「不真面目だけれど良心的な」（不真面目なようだけれど、実は良心的な）子どもの心を大切にしていきたいと述べている。

「帰って来たヨッパライ」の歌を、このような北山の言葉を頭に入れて、さらにもう一度聞いてみると、なるほど！とうなずく。

年代ごとに特権の意識というものが存在するのだろうか。わたくしたちは戦争の実体験がないことに「特権」の意識を持ってよいものだろうか。北山はこう言う、「戦争も敗戦も知らない我々だから、なおのこと、口を大きくして、平和を歌うことができる。」

確かに、我々戦無世代は「戦争を知らない」というプライドを汚されてはならない。親たちの中のある人は、「おまえたちには戦争の恐ろしさがわからない」と蔑（さげす）んで言うことがある。しかし、我々にはその経験がないが、親達の体験から戦争がいかに無惨で、かつ、愚劣であったかを知らされる。そして、そのような聞き取りを通して、我々の心のどこかに、戦争に対する抗体ができあがる。だから、日本に最近、軍国主義が復活しているという情報を聞くと、敏感に反応する。

我々戦無世代の人間は、戦争を知らない子どもたちという「夢のある」特権意識をいつまでも大事にしていきたい（注2）。

以上が、以前わたくしの書いた文章である。但し、少し推敲した。何しろ四十年も前に書いた文章であるから、少し削ったり、言葉を改めたりした。しかし、要点はそのままである。

## 4

北山修から贈呈された本『意味としての心 「私」の精神分析用語辞典』（みすず書房二〇一四年二月）を読んだ。わたくしが興味を持ったのは、「私の歌はどこで生まれるのか――「旅」と「私」」である。北山はこれまで作った歌の歌詞は七百曲くらいだが、その歌詞の中身は旅の歌が多いと言う。日本の古典には、防人（さきもり）の歌というのがあるが、西行にしても芭蕉にしても旅の歌が多い。そして、北山は次のように述べる。

実際に一九六〇年代は新幹線が走り始めて、大勢の日本人が急に旅を始めた時代で、それに応じるようにして旅の歌が数多く生まれました。例えば、「君の行く道は果てしなく遠い」と歌った「若者たち」は、旅立ちの時である青年期心性と相俟（あいま）って印象に残りました。同時代に「知らない町を歩いてみたい」と歌った「遠くへ行きたい」は、作詞の永六輔もまた旅人でした。

その心理学に目を向けるなら、別離から到着までの間で、分離の痛みを何とかしようとして、思いを相手に届けようと歌が生まれていることが分かるのです。あるいは、別れのために生じた亀裂(きれつ)や隙間(すきま)を埋める「橋渡し」のために歌は生まれるのです(注3)。

こうして北村の歌と言語獲得の理論を復習してみると、おそらく次のようになる。すなわち、乳幼児期の子どもが花に向かって激しく手を延ばし、チューリップと呼んだ時、大人は子どもが言葉を覚えた、言葉を使ったという。この時、花としてのチューリップと、言葉としてのチューリップが一致したのである。しかし、大人になって、或る時「チューリップよ」と言っても、チューリップが出てこない時がある。これが言葉と事実とが一致しない時である。

さらにまとめて言うと、こうなる。第一段階は、「ママ（＊お母さん）！」と子どもが言えなくても、子どもの表情を見てお母さんが子どもの近くに寄って来る段階。これが乳幼児の前言語的段階である。第二段階は、子どもがママという言葉を使ってママを呼び出す段階であり、これは言葉と事実とが一致する段階である。第三段階は、ママと言って呼んでもママが現れない段階である。それはママが病院に入院していたり、死んでしまったりした段階である。子どもはその時、寂しさや悲しさを感じる。これは言葉と事実とが不一致の段階である。

大人はこの第三段階を経ているから、歌が生まれることに喜びだけではなく、寂しさや心の痛みを感じる。

このような考察から北山修は、大人の歌には子どもの歌とは異なる、悲しい歌詞やメロディが付くのだと述べている。

北山は歌「風」の歌詞が生まれた事情を次のように述べている。

人は誰も　ただ一人　旅に出て
人は誰も　ふるさとを振り返る
　ちょっぴり寂しくて　振り返っても
　そこにはただ　風が　ふいているだけ

「風」というタイトルの、こういう歌詞が生まれたのが、一九六八年の夏、四国の宇和島の夜でした。フォーク・クルセダーズの三人はあの日、台風で足止めを食い、旅の宿で作曲の端田宣彦（はしだのりひこ）と私は夜の嵐が通り過ぎるのを待ちながら、あの歌を作りました。完成したのは、夜半過ぎだったと思います。

唄を作っていたら、あるいは歌っていたらあっという間に時間が経ち、思いは目的地に着くのです。好きな歌さえあれば、あるいは好きな文庫本でもいいのですが、やがて時間が過ぎて、待つ側も待ち人の到着を待てるのです（注4）。

この時、北山と端田は宇和島から兵庫県の本島の方に帰るつもりだったのだろう。だが、台風の関係で船が出ず、宇和島で夜を過ごし、その時、この歌「風」ができたのだ。この時の風は、強い台風だったのだ。そして、足止めを食らったが、思いもかけぬ名品が作れたのである。

## 5

北山修は旅が好きで、国内ばかりでなく世界中に旅をした。そのことが著書『意味としての心「私」の精神分析用語辞典』に記されている。その旅の場所で北山が気にするのは駅である。駅はわたくしもずいぶん気になる場所であり、印象に強く残っている。だが、北山が気にするのは駅中の店や掲示板などではない。彼が最も気にするのは、駅の案内所である。それでは北山は何故、駅の案内所を最も気にするのだろうか。それを明らかにするのは北山の次の文である。

（前略）駅にはこの危険（＊竹長注記、スリに遭ったり置き引きに遭ったりすること）があるので、また迷う人のためにも、案内所が必要なのです。精神科医、そして精神療法家とは、まるで駅の旅行案内所だなと考えたことがあります。私は駅のそばで育ち、駅がホームグラウンド、そしてプレイグラウンドだったので、駅との同一化というようなものがあるのです。多方面から線路が集まる駅は、乗ったり降りたりする地点であり行先へと道をつなげる場所です。そして、「私」を「渡し」と解し、臨床でもつないで分けようとする機能に注目するのは、きわめて母親的です。つまり母子の間に割って入る父親的切断より、父と息子の間を取り持つ母性的な存在への同一化傾向が強いのだと思うのです（注5）。

北山は駅の案内所を精神科医、精神療法家と考えている。それは北山の生い育ちと関係している。だから、独特な見方である。彼は「駅のそばで育ち、駅がホームグラウンド、そしてプレイグラウンドだった」と言う。そのような生い育ちの中で、このような発想が生まれたのだ。そして、精神科医の「私」（北山修）自身を「渡し」と解する。渡しとは、人を対岸に運ぶ舟のことである。これを家族の中の親子関係に移して考えると、こうなる。すなわち、父親は大概、母親と子どもとの間に入って、切断する傾向が強い。つまり、母親から子どもを切り離して、自分の方へ近づけ寄せようとする。それに対して、母親は夫と息子との間を取り持つ、朗らかで柔和なまなざしで二人を見ている。だから、ここで言う「渡し」とは、自分の産んだ子を父親に渡して、しかも、その後、柔和な目で二人の行為や言葉を観察している母親の姿である。

これは通常の親子関係であり、精神科医が介入するものではない。しかし、この通常の親子関係が崩れている現状が、今の世の中に多い。よって、精神科医が母親の役割を演じながら、通常の親子関係を復活させたいと考えている。わたくしは北山の文章をこのように解釈した。

今の世の中で、離婚した母親が、再婚する。すると、再婚の夫がよく、妻の連れ子に暴力をふるう。このような事件が最近、たくさん報道されている。わたくしは、この事件に注目している。なぜ、再婚の夫が妻の連れ子に暴力をふるうのだろうか。

それは既に述べたように、父親は大概、母親と子どもとの間に入って、切断する傾向が強いからである。すなわち、母親から子どもを切り離して、自分の方へ近づけ寄せようとするのである。その場合、子どもが自分と妻との間から誕生した子どもであれば、子どもも父親も互いに嬉しく、喜び合って戯れたりする。

しかし、妻の連れ子であれば、大概の夫は白い眼で見、からかったり、皮肉を言ったり、時には暴力をふるったりする。それは自分の子ではないと認識しているからである。中には、そのような関係があっても、温かく見守って、優しくしてくれる夫もいる。しかし、そのような夫はなかなか出現しにくい。

そして、再婚の夫が職場のストレスや何かの不満がある場合、家に帰ると、その不満やストレスを何かにぶっつける。その標的になるのが、妻の連れ子である。連れ子は時にはものすごい暴力を浴びせられたりして、死に追いやられたりする。

また、このようなことも言える。それは子どもの側からの見方である。幼い時から母と一緒に居なかった大人の男が目の前にいる。いったい、どうしたらいいのだろうか。子どもはこれまで見なかった大人の男と一緒に暮らすことに、大きな不安を感じる。

わたくしには、このような経験がある。それはわたくしの母から聞いた話である。

わたくしには十六歳も年上の姉がいる。わたくしのきょうだいは、姉とわたくしの二人である。ほかにいない。父は日本にいたが、二回、アメリカ合衆国へ行って長く暮らしていた。二回目にアメリカへ行った時、太平洋戦争になり、日本に帰国できなかった。

戦争が終って、父がアメリカから帰って来た。そして、生まれたのがわたくしである。姉は母と共に長い間暮らしていたが、近くに父の両親が住んでいたので、どうにか安心して過ごせることができた。

戦争が終って、アメリカから日本に父が帰って来た。その時、姉は父を父とは思わなかった。十三歳の姉は父を「おじさん」と思っていた。ずいぶん長い時間がかかって、やっと父を父と思えるようになった。

母は実家の親から離婚再婚を勧められたが、夫の帰りを信じて長い間、娘と暮らしていたのである。

実の父親であっても、幼児の時に父と離れて長い間母と暮らしていた娘（わたくしの姉）は、父を父と思えなくなっていたのである。

このようなことから考えると、子どもはこれまで見なかった大人の男と一緒に暮らすことに、大きな不安を感じるのである。娘（わたくしの姉）はその時、十四歳だった。

## 6

北山が言う「母子の間に割って入る父親的切断」は大きな問題だと思う。わたくしの家族の場合、母と子（娘）の間に不意に父がアメリカから帰ってきて、「割って入った」のである。娘であるわたくしの姉は、びっくりした。そして、しばらくの間、父を父と思えなかった。母はその時、苦しんでいた。何とかして娘が父に親しみを感じるように、じっと傍から見ていたという。だが、数ヶ月経って娘はやっと、父を父と思えるようになった。それは父の母であるお婆さんが、「わたくしの姉」にいろんなことを話してくれたからである。お婆さんは孫に息子の子どもの頃の話や、アメリカに渡った話や、いろんな話をしてくれた。それを聞いているうちに孫は「あの男」の身の上や性格などを知るようになった。そして、だんだん「あの男」に親しみを感じるようになった。

ある日の夕方、わたくしの姉は敦賀の女学校から汽車で帰って来た。家に入ると、父と母が茶の葉をもみほぐしていた。ぷーんと好い香りがした。その時、姉は「ただいま！」と言う時、思わず「お父さん、ただいま！」と言った。すると、父はちらっと振り返って、不思議そうに姉の顔を見つめた。母は茶の葉をもみほぐす手をやめて、娘の顔を見た。

父は予想外の娘の姿、表情を見て、その後、にこりとして目に涙を浮かべた。母は娘と夫、二人の表情を見て、ぐっとこみ上げるものを感じた。

この話をわたくしは母が八十歳の時、聞かされた。父と娘との間を取り持つのは母であるが、長い間不在であった父を父と思えなくなっていた娘の硬い心理を、和らげてくれたのはお婆さんの力である。

このようなわたくしの家族関係の問題を解き明かしてくれたのは、北山修の精神医学、精神療法である。

## 注

（1）北山修『戦争を知らない子供たち』（ブロンズ新社　一九七一年三月一日第一刷）末尾の著者紹介による。

（2）竹長吉正「戦無世代の平和宣言」（ブロンズ新社『THE OTHER MAGAZINE YOU』一九七一年十月号）。

（3）北山修『意味としての心　「私」の精神分析用語辞典』（みすず書房　二〇一四年二月）三〇一ページ。北山の文章タイトルは「私の歌はどこで生まれるのか――「旅」と「私」」。

（4）前出（3）『意味としての心　「私」の精神分析用語辞典』三〇三ページ。

（5）前出（3）『意味としての心　「私」の精神分析用語辞典』三〇五～三〇六ページ。

# 第七章　冬の若狭路

## 1

冬の若狭路を歩いた。枯れ葉の落葉を踏みながら小高い丘の頂に達すると、突然、視界が開けた。ちょうど昔、はやった（流行した）シネマスコープ映画のように幕が開き、目の前に海！日本海のうみだ！

正月の二日。雨の止（や）んだ頃合いを見計らって、外へ飛び出した。それから、鉄砲玉のようにまっしぐら、山へ向った。海岸沿いの遊歩道を歩き、山の登り口にさしかかる。見慣れた木立ちや、なつかしい斜面に心がわくわくした。

眼界がこうも人を変えるものかと不思議に思った。空から地面へ、また、地面から空へと、目を動かして心を落着かせた。恋人に会うような心のときめきが起る。

正月の山は実にひっそりとしている。訪れる人はいない。山（名は飯切山（いぎりやま））の頂からはるか彼方を眺めると、水平線が静かにたたずんでいる。あのずっと向こうに韓国や北朝鮮があるのだ。もちろん、中国もある。この海を越えて向うの大陸に行ってみたいという気持がぞくぞくと湧いてくる。

寄せては返す波々、砕け散る波しぶき。わたくしは何も考えることもなく、寄せては返す波の動きをじっと見ていた。大きな海に向かっている小さな姿のわたくしである。

今度は目を転じて陸の方を見た。多くの民家がある。道路を走る自動車。ここから見ると、民家も自動車もまるでおもちゃのようだ。ただ、ぼうっとして山の頂から我が家のあるあたりを眺めると、松林の向こうに何軒かの家が見えた。

それから山を下り、岩屋さんと呼ばれる弘法大師堂に近づいた。傍には大きな洞穴がある。わたくしはいつもここに来ると、龍が住んだという洞穴を思い出す。それはゲーテの「ミニヨンの歌」に出てくる洞穴である。ミニヨンが歌う洞穴は地中海沿いのイタリアの岩山にある洞穴である。ここの弘法大師堂も岩だらけであり、土はあまり見当たらない。

日本海の入り江にそびえ立つ岩山。その岩山の洞穴に入ると、龍が出てくるのか、それとも、居眠りをしているのだろうか気になって仕方がない。わたくしは昔から空想するのが好きな少年だった。

ところで、弘法大師堂から離れて近くの湖に向かった。この湖（久々子湖（くぐしこ））は日本海とつながっている鹹水湖である。湖なのに水が塩辛く、しかも、海の魚が釣れたりする。完全な淡水ではない。わたくしはどちらかというと、海よりも湖の方が好きだ。

海は嫌いではないが、どうも親しめない。海蛇という生物や、ギリシャ神話に出てくるメドゥーサを思い出すからである。そして、冬の夜、ドーン！ドーン！と防波堤に突進する怒涛の音を寝床で聞いていると、恐くなる。

それに対して、この湖はいつも静かである。激しい気性の人や、癇のきつい性格の人はこの湖に来るといい。この湖を眺めていると気持ちが安らかになる。

ところで、わたくしはこの山の頂上から湖を眺めた。正月なのに三方五湖巡りの遊覧船がポンポンと音を立てて、湖の上をゆっくりと進んで行く。穏やかな風景である。時々、アナウンサーの声がマイクから聞こえてくる。静かな正月に、活気を感じさせる。

我が家を出る時、ポツリポツリと雨が降っていた。その雨がもう既に止んでいた。今は太陽の光がさんさんと降り注いでいる。幾らか肌が暖かくなった。しかし、この日照りがいつまで続くか心配である。定めなき天候、これが若狭地方の特徴である。晴れていたと思うと、間もなく雲がやって来て、ざあざあと強い雨を降らす。そして、たちまち、雨が霰に変わる。だから、わたくしは外に出かける時、傘を手放せない。若狭の人々はこうして用心深い性格がつくられた。若狭の人々のみならず、越前の人々、石川や富山の人々もそうでなかろうか。また、仕事を早く片付けるというのも、このような北陸の人々の特性ではなかろうか。それはいつ（＊何時）雨や霰や雪が降ってくるかもしれないから仕事を早く仕上げておこうと思うからである。

なつかしい若狭路の一箇所を歩きながら、自然が作り上げる人間の気風について考えてみた。それから、山の木々や茅葺（かやぶき）の家を見たくてムズムズするわたくしの心は、いったいどこから出来たのだろうと不思議に思う。

# 第八章　幸田露伴の家族と、さらに土井晩翠の家族のこと



## 第一部　幸田露伴の家族──幸田文と青木玉──

### 1

青木玉の著書『小石川の家』（講談社　一九九四年八月第一刷＊一九九五年九月第十七刷）をわたくしの娘の紀子から送ってもらった。以前から読みたかった本である。ずいぶん前にわたくしは幸田文の書いた本をたくさん読んだ。それは幸田露伴のことを研究していた埼玉大学の日沼滉治教授からの影響である。

しかし、途中から露伴よりも娘の文の方に興味を持つようになった。それは文の書く父のことがまさしく、自分が書く親（母）のことと重なるように感じたからである。老境に入った肉親の親の様子や、親を介抱したり親の意外な言動に戸惑ってしまったりする子どもの心理が他人事のように思われなかったからである。

そして、今度は青木玉の本である。玉は幸田文の娘であり、幸田露伴の孫である。露伴が孫に対してどのような言動をしたのだろうか、また、孫の玉が祖父の露伴に対してどのような言動をしたのだろうか、それについてわたくしは大いなる関心をいだいた。

わたくしは既に七十歳の半ばを過ぎ、老年に達している。これまでは老人の描かれ方にあまり関心を持たなかった。しかし、自分の子どもが四十歳を過ぎ孫が小学生になると、老人の露伴がわたくし、文が娘の紀子、玉が孫のYというふうにイメージしながら本を読むようになった。

## 2

不思議なことだが、人間いたしかたないことである。

『小石川の家』でわたくしが最も愉快に思った話は、「初めての母の文からお年玉」である。これは一九四三年（昭和十八）の正月の話である。玉はこの時、初めて母の文からお年玉をもらった。玉はこの時、女学校の一年生だった。年齢は十三歳であり、今でいえば中学一年生である。

お年玉というのは、現在のお年玉の感覚と異なる。自分で自由に使えるお小遣いのことである。現在のお年玉は十歳未満の子どももらうが、それは親に預かってもらい、すべて自分が自由に使えるものではない。しかし、玉が母からもらったお年玉は、自分が自由に使えるお小遣いだった。そして、玉はそれまでお小遣いというものをもらわなかった。文房具などを買いたい時は母に言ってお金をもらい、自分で買いに行った。そして、おつりがある時は、それを母に返した。そのような玉の生活に於いて、十三歳のとき、やっと、自分が自由に使えるお小遣い（お金）を母からもらったのである。

さて、それでは玉はそのお小遣いをどのように使ったのであろうか。それが興味深い。

## 3

玉は以前から気になっていたものがある。それを買いたい。普通の子どもであれば自分の欲(ほ)

しいものがまず、頭に浮かぶ。だが、玉はそうでなかった。自分の欲しいものでなければいったい誰のものを買うのだろうか。友だちへのプレゼントか？

いや、そうでなかった。母へのプレゼントだった。何と母思いの娘かとわたくしは大いに感心した。

文章を読んでみる。

あれを買おう。買いたいものの目当(めあて)が付いて、今度の土曜日に一人で上野の松坂屋へ行っていいか聞いた。一人で上野まで行くのは初めての大冒険である。母は警戒して何を買うのかをしきりに聞く。

「欲しいものがあるの。買って来たら見せるから、いいでしょ」

そう言いながら嬉しくてついにこにこしてしまう。

母はなお用心して、

「美代ちゃんに一緒に行ってもらったら」

と言ったが、大丈夫、松坂屋以外へはゆかない、時間は四時に家へ帰ることに決めて、やっとお許しが出た（注1）。

玉は松坂屋へ行って母へのプレゼントを買った。それから松坂屋地下の食品売場へ行った。

（前略）菓子売場を廻ってみたが、苺に代るいいものは無い。もし自分だけが食べるのなら、はっきり買わない買い物だ。だけど年に一度母さんと食べたいのだ、気持ちがはっきりして、一心に選んだ（注2）。

こうして玉は自宅へ帰る。すると、お母さんの文が「早く、手伝って」と言う。あわただしく動いている母だった。玉が「お客様？」と聞くと、「そう」と答えた。

玉は二階に上がって買物品を置き、慌てて母の仕事を手伝った。

お客さまは祖父の知合い二人だった。玉は外出する時、その話を聞かなかったから、急なお客様だった。母は忙しくて、口もきかない。ガス台には鍋が二つかかっていて、小さな鍋からは湯気がぼうっと立ち上っていた。

母は玉に「そっちのお鍋、見てちょうだい！」「お鍋、廻して！」等と言ったが、料理の品ができあがると、玉は買物をしてきた話をした。

「母さまにいいものを買って来たの、後で見てね、それにお八つに食べようと思って苺買って来たの、忙しかったから、夕御飯のあとで食べようね」

さて、この後、話はどうなるだろうか。気がかりである。

## 4

母は娘の買ってきた苺を、「ちょっと見せて」と言った。娘は、ああ買ってきて良かった、母さんも気に入ったんだと、飛ぶようにして二階へ駆け上がった。

それから娘は、かけ紙をはずして母に苺を見せた。苺は、つやつやと並んでいる。娘は母の喜ぶ顔を見たかった。だが母は娘の考えと違う言葉を発した。

「あら、いい苺、丁度よかった。お客様にお出しするのに使えるね」

娘は声も出なかった。うつむいて鰹節（かつおぶし）を持っていたが、泣き出した。（私の考えを少しも汲み取ってくれない。残念だ！）

「母さまと食べようと思って買ったのに」娘はそう言ったが、母は知らん顔だ。

これは実に映画になる場面だと、わたくしは思った。日常生活でよくある場面かもしれないが、これは母と娘の行き違いの場面である。娘の涙がぽたりと落ちる場面である。

この後、母は娘にどのように接して行くのだろうか。ずいぶん気になるところである。

しかし、母の文は平然としていた。涙顔の娘に「お風呂場で顔を洗って来なさい」と言い、さらに「はれぼったいべそかき顔でお給仕にさしつかえるでしょ」と仕事を手伝うように誘う。

娘は言われた通り、風呂場で顔を洗った。しかし、口惜しさ、残念な気持ちがおさまらず、鼻をすすりながら柱の裾に寄りかかりつつ、膝をかかえていた。母に対する意地の気持ちもあった。なぜ母は私の気持ちをわかってくれないのだろう？　悔しさが次々によみがえって来る。

すると母がこう言った、「斎藤茂吉先生がいらっしゃるのよ。玉子はいつも先生に優しくしていただいているでしょ」

この言葉で玉子ははっとした。それまでの感情、気持ちが吹っ飛んだ。斎藤先生はおみえになるとわたくしにいつも声をかけて下さり、お土産も下さる。お客様の中では大好きな先生だ。でも、わたくしが買ってきたこの苺どうなるか？

この感情が切り替わる時の場面を、青木玉はこう綴っている。

> 悲しくて口惜しくて、八つ当りがしたいが、許されないことも解っている。ぐずればもっと厳しく叱られる。いい結果は生じないのだ。感情を抑えるのは我慢の一手だ。芥子

あえのからしを小鉢に入れて、茶の間の長火鉢のそばに坐って鉄瓶の湯でかく、腹を立てて掻かないと利きが悪い。ちょうどいい仕事だ。さっさと蓋をして配膳台の隅に置いた（注3）。

この後、祖父の露伴が二階の部屋から一階の広間（＊部屋）に降りて来る。露伴の後に、斎藤茂吉、次に小林勇（＊岩波書店の社員）が降りてきた。玉子は次から次へと、母が作った料理を皆さんの前に並べた。祖父がにこにこしながら、盃を上げた。

それから、時間が経ちお客様と祖父のご飯が終った。玉子はお番茶を出しながら、皆さんのお膳を下げた。デザートに、玉子の買ってきた苺が出された。その時の様子を玉子は次のように綴っている。

> 苺は白磁の皿に形よく納まってお盆に乗り、ミルク差しと砂糖壺を従えて貴婦人の如く出て行った（注4）。

この描写はとても素晴らしい。玉子は自分が買ってきた苺をこのように客観化して見ることができた。当初は母と一緒に食べようと思っていた苺である。それが母によって他者への贈り物になってしまったのである。贈り物と言ってもどこかへ送付するプレゼントではない。今ここで祖父と祖父のお客様に差し出すのである。

そして、玉子は祖父と祖父のお客様が自分のいるこの場所で召し上がるのを見た。その時、彼女は少しも恨めしく思わなかった。彼らがおいしそうに召し上がるのを見て、玉子はああ良かったと感じたのである。自分が満足するよりも他者が喜ぶという僥倖を感じたのである。すると、玉子は母と自分との二人で食べるよりも、祖父とそのお客様に差し出して喜んでもらう方がさらに良かったと感じたのである。

5

さて、玉子の初買い物でもう一つ残っていたものがある。それは母への贈り物である。玉子と母との会話を並べると次のようになる。

「これ気に入るかしら、いけなければ今日のうちに取替て来るけど」

「何だか当ててみようか」

「当らない」

「お勝手用のスリッパ」

「ちがう、履くもんじゃない、背負うもん」

「背負うもの、何だろね、どれ」(注5)

かさばった妙な形の包みだった。母は初め、自分へのプレゼントでなく、玉子自身のものだと思った。包みを開いたのは母である。包みから出て来たのは帯枕と前板であった。

帯枕とは、帯をお太鼓などに結ぶとき、帯揚げの中に入れて結び目の形を整えるものである。前板とは帯板のことであり、前側の帯の間に入れて形を整える板状のものである。

母は笑い出して、こう言った「どうしてこんなもの買ったの、まだあんたはお太鼓に結ぶのは地味だよ」

すると、玉が言った「母さまの帯枕さあ、破けてボロになってるじゃない。お正月になっても取替ないで嫌だったの、取替よう」

それから母は新しい帯枕を使い、締め直し、娘にこう言った「これでいい?」

玉子は満足な気持になった。

この後、母はこれまでの所行を振り返り、玉子が買ってきた苺を使ったのは悪かったと言い、

「しっかりしたいい苺を選んで確かな買い物が出来るようになった」と褒めた。しかし、玉子は褒められて嬉しかった反面、せっかくの楽しみがはぐらかされたようで淋しい気持ちもあった。

この母と娘の出来事は一つのドラマである。わたくしも幼い時、母との間にこのような出来事があった。親が子どもの気持ちを忙しさや、他の仕事のために無視したりすることがある。しかし、和解したり、親が子どもに謝るということも有り得る。親と子との間に発生するトラブルはよくあることだが、子どもがそのトラブルを克服していくことが人間としての一つの成長の姿なのかもしれない。

## 6

ところで、これから少し青木玉の母幸田文のことについて書く。

幸田文は露伴の子であり、次女である。文は一九〇四年（明治三十七）九月一日、東京の向嶋で生まれた。母は幾美子であり、きょうだいは姉の歌、弟の成豊。歌は文より三つ年上であったが、猩紅熱にかかり十二歳で亡くなった。また、弟の成豊（通称、一郎）は文より三つ年下であったが、一九二六年（大正十五）十一月、亡くなった。露伴の子で大人になったのは文だけである。

さらに、母の幾美子は一九一〇年（明治四十三）四月、亡くなった。父の露伴は娘の歌が亡くなった一九一二年、新しい妻八代子を迎えた。八代子は文が十六歳の時、リューマチになり、家族と別居し、後に実家のある長野県で亡くなった。

幸田文は一九二八年（昭和三）十二月、東京の清酒問屋の息子三橋幾之助と結婚した。そして、一九二九年（昭和四）十一月、娘の玉を産んだ。それから、京橋区に酒屋の店を構えた。一九三七年（昭和十二）四月、父の露伴が文化勲章を授けられた。

この時のことは幸田文の文章「勲章」に詳しく記されている。彼女はその日、酒屋の樽を洗い、酒の配達に向かった。その帰り、空き瓶を五本提げて数寄屋橋にさしかかった。すると、多数の人が新聞社の電光掲示板を見ていた。自分も興味深く、彼女はそれを見た。すると、父の名前が出ていて、びっくりした。「文化勲章第一号に決まった！」というものである。

同年六月二十八日、丸の内の東京会館において文化勲章の受領記念祝賀会が開かれた。露伴はもちろん、出席した。しかし、娘の文は出席しなかった。

一九三八年（昭和十三）、夫の幾之助が発病し、手術を受けた。同年の五月、文は離婚して実家に帰った。

その後、太平洋戦争で一九四五年（昭和二十）五月、東京小石川の家が焼失した。この小石川の家は露伴によって蝸牛庵（かぎゅうあん）と名付けられていた。文と玉、それに露伴は既に、八代子の実家のある長野県に疎開していた。敗戦後の十月、文は父を伊東に移し、千葉県市川に家を借り娘の玉と過ごした。

一九四六年（昭和二十一）、露伴が伊東から引っ越し、市川の借家に文らと共に住む。この年六月、露伴の妹でピアニストの幸田延（のぶ）が病気で亡くなった。享年七十六歳。

一九四七年（昭和二十二）七月三十日、娘の文に看病されつつ、露伴が息をひきとる。その後、文は父露伴のことを雑誌に書き、文筆家となる。そして、小石川の旧居の土地に新しい家を建て、千葉県から東京に移った。岩波書店の小林勇が蝸牛庵の再建を持ち出したのである。

一九四八年（昭和二十三）七月、大田区池上の本門寺に父露伴（本名、幸田成行）の墓碑を立てた。そして、同年七月三十日、中央公論社・改造社・岩波書店主宰の「幸田露伴一周忌記念会」が神田の共立講堂で行われ、文が挨拶を行った。

その後、『露伴全集』の刊行や、自著『父――その死』等の刊行があった。

一九五九年（昭和三十四）十一月、娘の玉が結婚し、文と別の所に住む。一九六一年（昭和三十六）十一月、初孫の男子が生まれた。一九六三年（昭和三十八）四月、女子の孫が生まれた。この年、伯母の安藤幸（こう）が亡くなった。延の妹であり、バイオリニスト。享年八十七歳。

幸田文は一九八八年（昭和六十三）五月から脳溢血で自宅で療養していたが、その後、茨城県石岡市の老人ホームに入所した。そして、心筋梗塞の持病があり、一九九〇年（平成二）十月三十一日、心不全で亡くなった。亡くなった病院は石岡市の石岡第一病院であり、埋葬された墓地は父露伴と同じ大田区池上の本門寺。文は父と同じ墓地に眠っている。

# 第二部　土井晩翠の家族——中野好夫と中野利子——

## 7

このように幸田露伴とその子ども、そして孫のことを書いてきたが、わたくしにはどうしても思い出す事がある。それは土井晩翠とその家族のことである。

先日、文化勲章のことで様々なメディアが報道していて、今の文化勲章は昔の文化勲章と異なって国のために寄付をしたり大きな仕事をしたりした人に与えるものであり、政治家が選定するのだと報じていた。だとすれば、幸田露伴や土井晩翠は落ちこぼれるのではないかと思う人もいるであろう。ともかく、今の文化勲章は幸田露伴や土井晩翠に授与したものとずいぶんかけ離れたものとなっているのではないだろうか。わたくしも確かにそう思う時がある。

しかし、ここで幸田露伴の次に土井晩翠とその家族のことを取り上げるのは、両者に似たところがあるし、また、異なるところもある。ともかく、土井晩翠とその家族のことを展望してみよう。

土井晩翠、本名は土井林吉であり、一九五〇年（昭和二十五）十一月、文学者として文化勲章を受けた。幸田露伴、本名は成行であり、一九三七年（昭和十二）四月、文学者として文化勲章を受けた。土井は幸田より四歳年下である。そして、幸田が八十歳で亡くなると、土井は八十一歳で亡くなった。互いに似た生涯である。

また、幸田は子ども二人を亡くし、残った一人の娘文（あや）に世話になった。土井は子ども三人を亡くした。残った子どもはひとりもいない。

これから土井晩翠とその妻八枝のことをかいつまんで記すことにする。詳細は、拙稿「**片山敏彦・土井八枝・小川正子——「奥降り」と癩者救済史の一斑**」（『埼玉大学紀要 教育学部（人文・社会科学）』第四十五巻第二号 一九九六年）に記してあるので関心のある方は参照していただけたら幸いである。

土井晩翠とその妻八枝との間には四人の子が生まれたが、最初の子は女の子であり死産。続けて二人の子が生まれ、そのあと男の子が生まれた。長女は照（てる）（一九〇六年生まれ）、次女は信（のぶ）

（一九〇七年生まれ）、長男は英一（一九〇九年生まれ）である。

しかし、これらの子どもは親よりも先に、次々と亡くなった。まず、長女の照が一九三二年に、長男の英一が一九三三年に、次女の信が一九四〇年に亡くなった。こうした悲劇で両親は大変、心を痛めた。いずれも病気による死であった。きょうだいの中で、最後に残ったのは信であり、彼女は英文学者の中野好夫と結婚した。だが、三十三歳で亡くなった。中野好夫・信夫婦の娘である中野利子は著書『父中野好夫のこと』（岩波書店　一九九二年十一月）の中で、母のことや、祖父晩翠、祖母八枝のことをわずかであるが、記している。

ところで、子どもたちの死後、土井晩翠とその妻八枝はどのような行動をとったのだろうか。晩翠は英文学書の翻訳に猛進し、ホメロスの『イーリアス』『オヂュッセーア』を完成した。一方、八枝は自身の方言調査の成果を『仙台の方言』『土佐の方言』にまとめて刊行した。土佐（高知県）は自分の出身地であるし、仙台（宮城県）は晩翠の出身地である。

八枝は他にも旺盛な活動をした。土佐の名物である「起き上がり小法師」に工夫を加えて「姫ダルマ」という人形を考案した。人形を作ったのは吉徳商店（店主は山田徳兵衛）である。また、癩病患者のいる病院を訪問し、講演を行ったりした。一九三五年（昭和十）の秋、岡山県長島の国立癩療養所・長島愛生園で講演し、女医の小川正子と出会った。小川は後に、土井八枝の著書『随筆　藪柑子』（長崎書店　一九四〇年十二月初版＊一九四一年一月再版）の「あとがき」

を書いている。なお、小川正子の著書『小島の春』（長崎書店　一九三八年十一月初版＊一九三九年六月改版第六刷）の跋文を土井八枝が書いたので、お互いの友情でこのような関係ができたのである。

わたくしは前稿「片山敏彦・土井八枝・小川正子――「奥降り」と癩者救済史の一斑」で片山敏彦の文章「奥降り」を紹介した。それは高知県の鏡川の河原で水浴をしている癩患者の様子を描写したものであり、その様子を眺めている人々の姿も描かれていた。当時、癩患者の人は病院に収容されることなく、橋の下や山の中に放置されていたという現実があった。その現実を変えよう、癩患者を救ってあげようと努力したのが土井八枝・小川正子である。

## 8

ところで、土井八枝は一九四八年（昭和二十三）五月に亡くなった。そして、土井晩翠は一九五〇年（昭和二十五）十一月、文化勲章を受けた。当時の状況を以下、記しておく。

晩翠は戦災で多くの蔵書を失った。そして、妻を失った。それ以前に子どもも失った。晩翠は虚脱状態になり一日中、仏壇の前に坐り込んでいた。数年前、まだ妻の八枝が生きていた時、次女信の嫁ぎ先の中野家の次男亨を養子に迎えた。よって、中野亨は土井亨となった。

土井晩翠（本名、林吉）は孫の亨と暮らしていたが、妻の八枝が亡くなってからは爺さんと孫の二人で暮らしていた。家ではラジオもかけられない憂鬱な空気が漂っていた。当時、亨は宮城県立第二中学校（後の仙台第二高等学校）三年になり、陰気な空気に我慢が出来なかった。そのような気配を感じた晩翠は東京の中野家と連絡を取り、亨を東京に帰した。

一人で暮らすことになった晩翠だが、地元の教え子や知人から援助があった。仙台市の市長が会長をつとめる晩翠会が組織され、土井家の元屋敷跡に「晩翠草堂」が一九四九年（昭和二十四）四月、建てられた。今では商業地になっているが、当時はそれほど賑やかでなく静かな場所であり、たくさんの木々が生い茂っていた。

晩翠は一時、入院していたが、退院してこの家（晩翠草堂）に住むようになった。そして、この家に住んで二年半して、亡くなった。一九五二年（昭和二十七）十月十九日、享年八十二歳。

この後、この家に晩翠の妹の吉岡うめが住み、土井家の財産を執事の旗福という人が管理していた。一九五五年（昭和三十）、土井亨のところへ「晩翠草堂内の敷地の一部をぜひ提供して国際的な文化活動に協力してほしい」との要請があった。それは仙台ユネスコ協会の会館を建設するということであった。

それから、一九五七年（昭和三十二）、仙台ユネスコ会館が晩翠草堂内の敷地に完成した。この頃、吉岡うめは老齢のため親族のいる京都に帰った。また、執事の旗福は病気で亡くなった。そして、晩翠の甥である土井俊夫が晩翠草堂に入居した。

この後、晩翠草堂内の敷地全体に関する貸借問題が発生する。詳細は中野好之の著書『仙台「晩翠草堂」の顚末』（御茶の水書房　一九八八年七月）が詳しい。土地価格の騰貴と、固定資産税の負担の増加は土井晩翠の遺族全員にとって、死活的な深刻問題となった。

一九六七年（昭和四十二）、土井亨が京都市内で亡くなった。以後、仙台市長、仙台ユネスコ協会会長、土井俊夫（晩翠の甥）これら三者の交渉を中野好之が担当した。

中野好之は中野好夫の長男であり、一九三一年（昭和六）二月の生まれである。

## 9

中野好夫と信（＊土井晩翠と八枝の次女）の子どもに利子がいる。わたくしは利子の書いた本『君が代通信』（筑摩書房　一九七八年二月）を読んだことがある。しかし、その時は著書の利子が中野利子であることを知らなかった。『君が代通信』の著者は亀山利子であり、中野好夫の娘だとは知らなかった。わたくしはその当時、教育史の研究を行っており、教育現場の問題や、

「君が代」を学校で歌うことに関心を抱いていた。

中野利子は一九三八年（昭和十三）の生まれである。そして、母信は一九四〇年（昭和十五）に亡くなった。だから、利子には母の記憶はほとんどない。だが、母方の祖父祖母の印象はある。利子の母信が亡くなった時、利子は二歳、祖父晩翠は六十九歳、祖母八枝は六十一歳である。晩翠は八十一歳まで生き、八枝は六十九歳まで生きた。八枝が亡くなった時、利子は十歳。晩翠が亡くなった時、利子は十四歳。

中野利子は著書『父中野好夫のこと』（岩波書店　一九九二年十一月）で、父方の祖父祖母のことを多く書いているが、母方の祖父祖母のことも書いている。そして、父中野好夫が晩翠の娘信と結婚した事情も記している。それは中野好夫の先輩である英文学者斎藤勇の紹介だという。

斎藤勇は旧制の第二高等学校（仙台市）で土井晩翠から英詩を学び、同じ東北人として親しくなった。斎藤は福島県の出身である。晩翠が斎藤に頼んだのか、斎藤が自ら言い出したのか明らかでないが、とにかく土井信と中野好夫は見合いをして、結婚した。

中野利子は物心がついてから、母方の祖母土井八枝に会った。その時のことを次のように記している。

私は生母の母である祖母に、もの心ついてから一度だけ会い、数日を共にすごした。沢山の使い古しの封筒を裏返して再生封筒を作り、表に筆で藪柑子の一茎をさらりと描く作業を横でみとれた。日本画をよくし、文字も達筆の人だった。共に住んでいた父方の祖母からは得られなかったやわらかさは私の心をなごませたが、大人になるにつれ、満足に学校に行けず字が下手なのをいつもひけ目にしていた父方の祖母が感じたであろう劣等感や反発が想像できるようになった（注6）。

また、著書『父中野好夫のこと』の他の所を読むと、中野亨のことが書いてあった。亨は利子の次兄である。すなわち、中野好夫と信との間には三人の子どもがあり、三人は長男好之、次男亨、そして利子という順になるきょうだいである。

中野亨のことについての記述は次のとおり。

土井英一の死の数年後に次兄が戸籍上だけだが土井家の養子になっていた。生母の死の四ヵ月後の一九四一（昭和十六）年三月、次兄は仙台に引き取られた。父も兄も、もうひとつの別れに耐えなければならなかった。次兄の死後、間もなく、私はむごいことを父に言った。「お父さん、亨（とおる）ちゃんは土井亨ではなく、中野亨のままでいたかったのよ。じゃなかったら、せめて兄弟一緒に育ててあげればよかったのに――」

父の弱々しい答えは忘れられない。

「しかしなあ……、あまりにも（すべての子どもを失った）老夫婦が気の毒やったからなあ……」（注7）

利子の次兄亨のことについては、以前の所（本章の8）で述べた。参照していただきたい。

また、利子は母信の急死（一九四〇年十二月）の時の状況を他者から聞いて、著書『父中野好夫のこと』に記している。父方の祖父（中野好夫の父親）は葬儀の時、「信さんはようやってくれた」と涙をこぼしたとのこと。

これで長く綴ってきた幸田家と土井家（中野家）の伝記は終わりである。

ところで、不思議なことに幸田露伴と土井晩翠につながりがある。それは昭和十年代の頃、晩翠は蝸牛庵を時々、訪れたという。それは将棋という趣味の共通点があったからである。そして、晩翠は自分の子どもを相次いで失ったことを述べると、露伴は自分もそうだ、「俺の家(うち)も、長女と長男、それに妻も亡くなった。」と述べた。二人とも文化勲章を受けた文学者であるが、このような不運不遇な出来事があったことは共通している。

## 注

(1) 青木玉(たま)『小石川の家』(講談社　一九九四年八月第一刷＊一九九五年九月第十七刷　七九ページ。
(2) 前出(1)『小石川の家』八一ページ。
(3) 前出(1)『小石川の家』八五ページ。
(4) 前出(1)『小石川の家』八五ページ。
(5) 前出(1)『小石川の家』八六ページ。地の文は省略し、会話の文だけを引用した。
(6) 中野利子『父中野好夫のこと』(岩波書店　一九九二年十一月)百十一〜百十二ページ。傍点は著者中野利子による。
(7) 前出(6)『父中野好夫のこと』一一四ページ。

# 第九章　森田たまのヨーロッパ旅とドイツのこと

## 1

森田たまの本はずいぶん集めたし、たくさん読んできた。小説もあるが『もめん随筆』などの随筆の本が多い。ところで、わたくしがここで紹介したいのは彼女の日記である。それは森田たまが一九五三年（昭和二十八）六月、国際ペンクラブの大会に参加し、そのついでにヨーロッパの十三ヶ国を旅して十一月に帰国した、その道中記である。書名は『雲の上の散歩』（ひまわり社　一九五五年五月）である。

この本『雲の上の散歩』は森田の手書きのままを印刷したものであり、活字で読むことは困難である。ずいぶん苦労してやっと読み終えたのは読み始めてから二ケ月である。旧漢字や旧仮名遣いで書かれていて、ここでそのまま引用するのは読者には読み辛いであろう。それ故、引用する場合は、新漢字新仮名遣いに改めた。

一九五三年（昭和二十八）六月の国際ペンクラブはオランダのアムステルダムで開かれた。森田はこの旅の記録を幾つかの随筆集に載せているが、主な著書は『ヨーロッパ随筆』（寶文館昭和三十年八月第一刷）と『雲の上の散歩』である。以下、この二冊を用いて森田の旅について述べる。

## 2

森田たまは一九五三年（昭和二十八）六月九日、エアフランスの飛行機で午前七時四十分に羽田から出発した。朝食と昼食の機内食の明細を記している。

朝食はフランスパン、ケーキ、ティー、ジュース、マーマレード、バターであり、昼食はオードブル、雛鳥煮込み、コメ、野菜焼き、パン、ケーキ、リンゴ、チーズ、シャンパン。食後、小瓶のお酒をくれる。

ベトナムのサイゴン空港で飛行機から降りて、食堂で食べる。野菜スープ、タルタルソース、サーロインステーキ、煮豆、フライドポテト、バナナ、紅茶、カマンベールチーズ。

レバノンのベイルート上空を六月十日午後三時に飛んでいた。その時、紅茶、パン、ジャム、炭酸水が配られた。

そして、六月十日の夜十一時三十分、フランスのパリに着いた。その時の印象を森田はこう記している。

パリにての空、美しかりし、並木の灯、青くて美し、商店のテントのいろ、ポールモールの箱のいろ。（『雲の上の散歩』）

国際ペンクラブは二十一日から始まるので、それまで森田はパリで過ごした。パリの日本大使館にも呼ばれて行った。それは十六日の昼である。その時出た食事のメニューは次のとおり。

刺身（マグロ、タイ）、つき出し（ウニ、キュウリ）、玉子豆腐、お椀（ふ）
煮物（茄子、瓜）、てんぷら、穴子
味噌汁、漬物
くだもの（サクランボ、苺）
甘味（蒸しようかん）

この時、日本人男性二人（堀氏、黒田氏）も招待されていたという。そして、二十日に森田はオランダ、アムステルダムのホテルに入った。そして、森田はアムステルダムの街の様子を次のように綴っている。

> オランダは明るい国であるという印象であった。オランダの人はたいてい、手を組んで歩く。老婦人は老婦人どうし、娘は娘どうし、誰でも腕を組んで歩くこと。自転車の多いこと、犬を抱いて乗っている。乳母車に入れた子どもの多いこと。轡（くつわ）形の鉄製らしき入れ物を手にして、お金をねだる人、足が悪いらしい、廃兵か。

それから、いよいよ国際ペンクラブの大会が始まる。六月二十一日は開会式であり、二十二日から本会議が始まり二十六日に終了する。開会式に森田たまは和服姿で出席した。式場には五百人ほどの人が集まっていた。開会式の後、昼食会があり、夜はパーティがあった。森田は全てに出席した。

夜のパーティに森田は着物の帯に竹久夢二の絵の入ったものを装いして会場へ入った。パーティにはダンスをする場所もあり、ペンクラブの会長ともう一人の男性は案内人の女性からスモーキングルームを教えられ、女性の後について行った。ぼんやりしていた森田は突然、紳士から声をかけられた。その紳士はアンネ・フランクの父オットー・フランクだった。

## 3

オランダではチボリ公園にも行き、それは「浅草のような歓楽街」と森田は記している。その後、森田はベルギーのブラッセルに行った。それから、イギリスに行った。七月四日からロンドンとオックスフォードを見学した。

そして、七月十一日、デンマークのコペンハーゲンを訪ねた。デンマークには九月三日まで滞在した。まず、デンマークに着いた当初の印象をこう綴っている。

デンマークのコペンハーゲンへ着いて、イエンクさん（＊エリフック・イエンク）のとっておいてくだすったホテルのすぐ前に教会があり、私はすぐこの教会の鐘の音で眼が覚めた。それは讃美歌を歌っていたので澄み切った空気の中で爽やかな鐘の音を聞いていると、ふと北海道へ帰ったような錯覚を起こすとデンマークへ来たという意識が実にはっきりした。

コペンハーゲンは教会の町といってもよいほどたくさんの教会があるような気がしたが、あるいは欧州の町はすべてそうであるかもしれない。この教会の一隅、この茂みのかげに母と子の銅像がある。それはアンデルセンの「母と子の物語」の中の母と子の銅像なのだそうだ。死神に子どもをとられた母が真珠のような両眼を捨て我が子の幻影を追い求めるという深い母の愛情を書いたもので、私などには少し辛すぎる話だけれど、デンマークの人たちは一番この話を重要視しているようである。さればこそこの教会も建ったわけであろう。イエンクさんが私の宿をこのホテルにとったのは、そのせいかもしれぬ。

イエンクさんはアンデルセン協会の名誉理事である。本職は技術者であるが、出版社には勤めていない。だが、森田たまをアンデルセンの理解者だと判断していろんな所を案内してくれた。

それから森田はオーデンセに行った。オーデンセはフューエン島にある町であり、デンマークの首都コペンハーゲンから大分離れている。だが、森田たまはどうしてもオーデンセに行きたかった。それは彼女の崇拝者アンデルセンの生誕地であったから。森田は『私のアンデルセン』（大地書房　一九四六年十月）を刊行しているが、その他『鉛の兵隊』等も刊行している。

森田が言うアンデルセンの「母と子の物語」は、大畑末吉の翻訳によると「ある母親の物語」となっている。その作品を岩波少年文庫の『アンデルセン童話選』（一九七五年十月第二十刷）で読んだ。すると、確かに男の子を死神に連れ去られた母親が死神や、死神の庭番などと会話を続け、何とかして息子を救い出そうとする。そして、母親は自分の目玉を死神に与えて息子に会おうとする。その場面を森田たまは、「母が真珠のような両眼を捨て我が子の幻影を追い求める」と書いている。また、この物語は最初から母の息子が息苦しく死にそうである場面から始まっている。どうして息子がこのような息苦しい状況になったのかは、明確に記されていない。

ところで、森田は著書『雲の上の散歩』の中でオーデンセの町の印象をこう綴っている。

グランドホテルの窓から眺めたオーデンセもやはり、教会の多い町だった。アンデルセンがここに生れて十五の時からコペンハーゲンへ行ったかと思うと、感慨深いものがある。

そして、九月三日、森田はコペンハーゲンからハンブルクへ旅立った。ドイツではハンブルク、ベルリン、ボン、デュセルドルフ、フランクフルト、ミュンヘンに滞在した。また、近くのオーストリアのウィーンにも滞在した。

## 4

森田は九月十一日、午前はフランクフルトのゲーテハウスを見て、午後はミュンヘンに行きミュンヘンのホテルに入った。

ゲーテハウスに行った時の様子を森田は、こう綴っている。

十時半からゲーテハウスを見に行く。ほかの団体を案内していた人が私を部屋に入れてくれ、わざわざ英語で説明してくれる。最初、英語を話せるかと聞かれた時、「ア、リトル」と言って、親指と人差指とで合図をして眼を細くして見せたら、周りの人がみんな喜んで「ア、リトル」「ア、リトル」と真似をする。ゲーテの食堂は部屋の中に竈（かまど）があり、椅子が踏み台になったりして面白い。

その後、森田たまは飛行機に乗ってミュンヘンに行く。そのことを次のように書いている。

ゲーテハウスを出てから、待たせておいた自動車の運転手に銀の匙（さじ）を買いに行きたいと言ったが、話が少しも通じない。英語を用いて「スプウン！」と言って、飲む真似をして見せても駄目、そこへ品のいい婦人が通りかかり、「私がお助けしましょう」と言って、たちまち運転手に行く先を教えてくれた。

ＳＡＳのエア・ターミナルに行くのにタクシーだったらわかると思ったら、ポーターがすぐそこだから自分が荷物を持っていくと言って彼が荷物を持ってくれたのはよいが、おかげで私は数分、数百メートル歩かせられ、閉口した。

飛行場では、昨日頼んだスーツケース二つを運ぶのに弱ったが、飛行機の中に入って調べたら他の人のトランクの後ろになっている。荷物はうっかり預けることはできないと思った。

予約の飛行機に乗るのに間に合った。飛行機の中ではサンドイッチが出て、飲み物をうっかり飲んだらコーヒーだった。胸が悪くなり、おまけに飛行機がすごく揺れ出した。時計を握りしめ、一分を一時間ぐらいの思いで、着陸を待った。飛行機に乗って以来、はじめての苦しさである。

ミュンヘンに着いたら真夏のような暑さ。ポーターがタクシーにしなさいと言うので、バスでなくタクシーにしたら九マルクかかった。羽田から東京駅までの値段か？

着いたホテルはお客が大勢でフロントの人は忙しそうである。ミュンヘンには日本人が多いと聞いていたからレセプションで聞いたら、係の人がニヤニヤしながら「ミュンヘンは広いから日本人がどこにいるかわかりません」と答えた。尤もな答である。

部屋は十階の二人部屋で、値段は三十二と書いてある。私のほかにもう一人入るのですかと聞きに行くと、「あなたお一人で、それだけの値段です」と言われ、高いのに驚いた。部屋はバス付き（＊お風呂付き）なれど、部屋は屋根裏の如し。ロンドンのクーリッジホテルのようである。もっとも、あそこは七千円であった。

ホテルの部屋代は高いことは高いが、着いた時のロビーの派手な賑やかさ。話に聞くニース（＊フランスの観光都市）あたりも、かくやとばかり。

汗をかいたので風呂に入り、洗濯をして少し休んだ。こういう時は一人きりの方がよい。お友だちがあって、英語が話せれば旅は何の心配もいらぬ。

夜、ロビーあたりを見物する。髪の黒い女、金髪の女、杖をついた老婦人、ここでは何と老女の多いことだろう。しかも、例外なく足が悪い。

食堂の給仕はフランクフルトのボーイよりも愛想がよい。食事の後、チップ百円置いたらドアの所まで送って来て、ドアを開けてうやうやしくお辞儀をしてくれた。前にすれ違ったメイドが「グッド、アーベン」と言って通る。何となく嬉しい気がする。

ミュンヘンのホテルに入ってからの様子を見ると、森田はフランクフルトのホテルより店員が優しいように感じている。ミュンヘンもフランクフルトも同じドイツであるが、人の雰囲気や感じが違ったように思ったのであろう。

## 5

ところで、これからわたくしのドイツ旅のことを書く。森田たまの時代とはかなり後のことであるが、何かつながるものがあるかもしれない。

旅行準備をしてベッドに入った。時計を見ると一時である。これは一九九二年（平成四）六月の夜、フランクフルトのホテルだった。

六月二十八日の朝。暑い、好い天気である。九時半に奥沢夫婦が自家用車でホテルへ迎えに来た。今日はフランクフルト周辺を案内してくれる。それから、一時間ほどでマインツに着いた。グーテンベルク印刷機博物館を見学した。古い聖書の印刷本や印刷機械の変遷を、この目で確かめた。

その後、マインツ市内の大聖堂（カテドラル）を見た。ドームというのは「円屋根（まる）」を意味することが多いが、ドイツの大聖堂をよく見た。一九九二年（平成四）六月二十七日から七月十二日までドイツを旅したが、それは日本人学校を訪問するという名目があり、森田と同じように名目に便乗した旅だった。

わたくしは六月二十七日の十八時四十分、フランクフルト空港に着いた。親戚の奥沢夫婦が迎えに来てくれていた。奥沢さんの車で、アーケード・ホテルに向った。電車のフランクフルト中央駅に近く、マイン川沿いにあるホテルである。ホテルの従業員から部屋の鍵だといって渡されたのは、プラスチック製のカードだった。

その後、奥沢夫婦と共にマイン川に沿って二十分ほど歩いた。にぎやかな音楽、人々のざわめき、ビールジョッキのふれ合う音、それらで心が浮き浮きしてくる。食べ物屋が幾軒も並んでいる。その他に家と家との空地にパラソルを出し、椅子を出してにぎやかに食事を楽しんでいる。十二時間乗っていた飛行機の疲れが、ウソのようにどこかへ飛んで行ってしまいそうだ。

奥沢夫婦とまず、ビールで乾杯！　そのあと、アップル・ヴァイン（リンゴ酒）を飲んだ。黒ビールも飲んだ。ソーセージやじゃがいも、それに貝や鮭を食べた。ザラートというキャベツの酢漬けがおいしかった。

夫婦がタクシーでホテルまで送ってくれた。夫婦を見送って、わたくしがフロントの時計を見ると、二十四時に五分前である。部屋に風呂が無い。一人分の狭いシャワー室がある。シャワーを浴び、明日の旅のことを考えた。ところで、ドイツで最も有名なのはケルンのドーム（丸屋根）だが、マインツのドームも立派である。十三時、奥沢夫婦と共にレストランで昼食。フランクフルト・ソーセージ、フライド・ポテト、それにミネラル・ウォーターがいつも出る。ミネラル・ウォーターには炭酸入りとそうでないとの二種がある。

食後、今後の日程について打ち合わせをした。七月一日、わたくしは一人でハンブルクに行く。その帰りは奥沢夫婦のいるデュセルドルフである。ハンブルクからデュセルドルフへ向かう時、途中のドルトムントで乗り換える必要がある。その乗り換え時間がわずか五分だ。わたくし一人で乗り継ぎができるか不安である。どちらの電車も座席指定である。もし間に合わなかったらどうしようと不安になった。奥沢の奥さんが、「もっと後の電車に変えてあげたら？」と言った。旦那も「そうだね」と同意し、マインツの駅へ行った。

奥沢の旦那が駅の事務員とやり取りをし、けっきょく一時間ほど余裕のある電車に変更してもらった。（しかし、これは後日、まったくの取り越し苦労であることが分かった。乗り換え時間は五分で充分だった。なぜなら、乗り継ぎの電車は、わたくしが降りたその同じホームに入って来たからである。念のため、ハンブルクから帰りの電車の中でわたくしが、車内を回って来た乗務員に英語で訊いたら「セイム・ホーム！」と答えた。まったく、その通りであったのだ。）

マインツの駅で奥沢の旦那から、切符の買い方、電車の出発・到着掲示板の見方をおそわった。それから奥沢夫婦の車でリューデスハイムへ向かった。

途中、丘の上にある修道院跡を見学した。ここは今、修道院など宗教的施設でなく、パイプオルガンの演奏会場である。また、昔、この修道院ではワインをつくっていた。その時使った器械や樽が保存してある。大きな万力のような「ぶどう搾（しぼ）り機」があって、びっくりした。午前中、マインツで見てきたグーテンベルク印刷機の形によく似ている。そのことを奥沢の旦那に話すと、「良く気が付きましたね。グーテンベルクはこのぶどう搾り機と硬貨打印器を組み合わせて、あの印刷機を作ったんですよ。」と述べた。

リューデスハイムはライン河沿いの観光地である。日曜日は、市内の店はたいてい閉じている。但し、食堂は営業している。そして、観光地はどこの店も開いていてお客を待っている。わたくしはまず、カメラ店を探した。ドイツに来てフランクフルトのアーケード・ホテルでカメラにフィルムを入れる時、大失敗し故障させてしまった。奥沢の旦那に連れられてリューデスハイムのカメラ店に入った。BRAUN Flash—2という手動の小さなカメラを買った。五十三マルク（当時の日本円で四千五百円程度）である。

それから、奥沢夫婦と共にリューデスハイムの河沿いのワイン博物館で年代物のワインを飲んだ。琥珀（こはく）色の美しさで、しかもおいしかった。試飲したグラス・コップは記念にあげるという。（そのまま日本に持ち帰り、今も食器棚に飾ってある。）ワイン博物館の屋上からライン河と周りの丘陵を見た。丘陵は全てブドウ畑である。行けども行けども、緑の葉と蔓ばかりである。

夕方になったので奥沢夫婦の車でウィスバーデンまで行った。これから、わたくしの一人旅である。電車の駅前で車から降ろしてもらい、明日の切符、出発時刻、乗車ホームを確認した。明日からいよいよ、わたくし一人の旅が始まる。

## 6

フランクフルトからＩＣＥ（超特急電車）に乗ってハンブルクに向かった。

十五時十七分に電車が出発した。三時間ほど経ったのでお腹がすいてきた。日本から持って来たせんべいを取り出して、ポリポリと食べ始めた。周りの人が注視するのではなかろうかと心配したが、誰も気にしない。恥ずかしかったが、嬉しかった。

ハンブルク中央駅に着いたのは十八時五十六分。地図をたよりに予約したホテル「バゼラー・ホフ」に向かった。ホテルに着いたのは十九時三十分。夏時間なので、外はまだ明るい。日本の夏の午後五時半頃の明るさである。ドイツでもハンブルクは北にあるので北欧の白夜に似た明るさである。二十二時くらいまで外にいても夜という感じがしない。人々は街の広場のあちこちに椅子やテーブルを持ち出して、わいわい、がやがやおしゃべりをしている。ビールやワインを飲み、歌をうたい、踊る。生きていることを楽しむという風情である。

わたくしはホテルの中で初めて洗濯をした。靴下や下着を洗い、部屋の隅にある干し台（鉄道線路の枕木のような木が横に並んで七個、付いている。）に吊るした。空気が乾燥しているので朝には乾いているだろう。ハンブルク駅の売店で買ったパンとスープで食事をして、二十二時には眠った。

この「バゼラー・ホフ」は内アルスター湖の近くまで続く並木通りにある。アルスター湖は内と外との二つに分かれている。このホテルは内アルスター湖のそばにある。わたくしはハンブルク駅から内アルスター湖を左に眺めながら徒歩でこのホテルにやって来た。ハンブルク駅の出口は二つある。わたくしは初め、内アルスター湖側とは別の出口に出た。その駅前広場には浮浪者がたくさん、たむろしていた。物騒なところだと思った。その辺をしばらく歩いたが、目的の「バゼラー・ホフ」は見当たらない。それで、今度はあちらを歩いてみようと内アルスター湖の側を歩いた。すると、ここには浮浪者や物貰いが一切いなかった。そして、実に静かな落ち着いた場所だった。二つの出口でこうも極端に違うものかと驚いた。

このような回り道をしたので「バゼラー・ホフ」に着くのに三十四分かかった。初めから真直ぐにこのホテルに向かえば十分ほどで着く。ところで、後で気づいたのだが、このホテルにはハンブルク・バン・ホフ（ハンブルク中央駅）よりもダムトーア駅からの方が近かった。ハンブルク中央駅よりもう一つ先の駅（ダムトーア駅）に行き、そこで降りて「バゼラー・ホフ」へ行く。ＩＣＥ（超特急電車）ではダムトーア駅には止まらないので、ＩＣＥ（超特急電車）に乗る時はハンブルク中央駅に行くことにする。

わたくしは何度か、ダムトーア駅を利用した。ハンブルク中央駅から普通電車で四～五分でダムトーア駅に着く。駅から外に出て「バゼラー・ホフ」まで歩いて行く。すると、今度は内アルスター湖を右に眺めながらホテルに向かう。湖の景色がとても素晴らしかった。ホテルに着くまでの間に小さな古本屋があった。入って本を次々に眺めていたらＯ・Ｈ・ボルノーの著書『言語と教育』（ドイツ語版）があったので、すぐ買い求めた。他に四、五冊買い求めた。マルコ・ポーロの伝記や児童書である。店員は二十歳代後半の女性で、領収書まできちんと書いてくれた。あまり長い話はしなかったが、なつかしい古本屋である。

ところで、わたくしが三泊したホテル「バゼラー・ホフ」はもと、「バゼラー・ホスピッツ・ホテル」と称し、宿泊を許す修道院、新教の家族的ホテルという趣があった。ドイツ語の他に英語も通じるホテルである。そして、食事が大変、わたくしの好みに合った。ドイツの普段の家庭料理を出すのである。ここには理科の実験助手を思わせるような、白衣を着た栄養士がいて、料理の指導をしているようだ。ホテルの規模は中程度であるが、全百二十五室あり、すべてバス（お風呂）付きで、会議室（四十五人収容）もある。

## 7

六月三十日（火曜日）、ホテルの食堂で朝食を済まし、ハンブルク日本人学校に電話をした。ハンブルク中央駅から普通電車に乗って、イーザーブルック（Iserbrook）駅に向かった。駅名をしっかり覚えていなかったので、終点のヴィーデル駅まで行ってしまった。慌てて、戻りの電車に飛び乗ったら、行きの電車とは全く異なった豪華車両である。はて、これでよかったのかなと不安になる。そのうち、電車がイーザーブルック駅に着いた。

慌てて電車から降りた。閑散とした田舎の駅である。体格の良い日本人の紳士が笑顔で歩み寄ってきた。「竹長先生ですね。」「はい、そうです。」

その人は、なつかしい日本語で、はっきりと言った。ハンブルク日本人学校の河原校長だった。「ようこそ、いらっしゃいました。」

わたくしは河原先生と固い握手をした。先生の車に乗って学校へ行く途中、わたくしは前の失敗を話した。豪華車両についての話である。河原先生が言った、「それは一等車両です。普通切符しか持っていないと車内を廻ってきた車掌に五千円ほどの罰金を取られます。」

びっくりして、開いた口がふさがらなかった。

ハンブルク日本人学校に着くと、河原先生が学校の中と外を案内して下さった。管理棟（教職員の部屋がある）と一部の教室はもと、ユダヤ商人の家で、百年以上前の建築だという。それを戦時中、ナチスが没収して将校のクラブ（遊び場や酒場）に使っていた。今では文化財的な建築になっている。外の壁は薄紫色で、家はどっしりとした二階建てである。教室は他にもある。それはドイツ人の小学校と、社会人の洋裁学校である。すなわち、ハンブルク日本人学校はユダヤ商人の家、ドイツ人の小学校、社会人の洋裁学校これら三つの建物を借りている。

児童生徒数は、小学部二一〇名、中学部六〇名の計二七〇名である。これは一九九二年（平成四）五月現在の数値である。ちなみに、フランクフルト日本人学校の児童生徒数は、小学部一八〇名、中学部七六名の計二五六名である。これも一九九二年（平成四）五月現在の数値である。また、デュッセルドルフ日本人学校の児童生徒数は、小学部七一二名、中学部二五五名の計九六七名である。但し、これは一九九一年（平成三）五月現在の数値である。ドイツの日本人学校で児童生徒数の最も多いのはデュッセルドルフであり、その次はフランクフルトとハンブルクである。フランクフルトとハンブルクはほぼ同数である。

ハンブルク日本人学校は近々、移転して独立の校舎を持つそうである。そうすると、わたくしは移転前のハンブルク日本人学校の最後の姿を見たことになる。

## 8

河原先生と一緒に日本人学校の校庭に出た。暖かい日差しである。子どもたちが休み時間にドッジボールをしている。また、校庭近くの林に小学生の子どもたちがたくさん集まっている。何だろうか？　近づくと男の一人が木の枝でちょろちょろと触っている。ハリネズミが丸いボールのようになって針を立てている。それをくすぐっているように、子どもたちが真剣に見つめている。いたずらっ子が木の枝でちょっかいを出しているのだ。

ゆったりとした自然環境の中で、校舎が三つに分散しているのは実に愉快である。統一を目指すという点では不便なこともあるだろうが、このような分散がわたくしには魅力的と感じた。

海外の日本人学校ではたいてい、現地の学校や現地の人々との交流の行事をたくさん計画している。ハンブルク日本人学校では現地のドイツ学校との交流を計画している。例えばドイツの子どもたちに日本の歌を紹介したり、ドイツの子どもたちと一緒になって日本人の子どもが同じ歌をうたったりする。また、日本人の子どもたちがドイツの新聞社を訪問し、新聞の作り方を教わったりする。さらに、『わたしたちのハンブルク』という副読本を教員が作成し、それを小学部の三年生、四年生が社会科の授業で使用している。このような国際交流の全てを河原先生が通信紙『ドイツ・ハンブルク報告』にまとめ、教職員と保護者（子どもの親）に配布している。

わたくしはその一部をいただいた。中味は次のとおり。「自然について」「東独との合併」「社会体育について」「契約社会」「街を歩いて」「アウトバーン」「レアールシューレ学校長の退官式に出席して」「ハンブルクで暮らして」等々。

河原先生が肌身で感じ取った異文化体験が、わかりやすく、しかも、親しみのこもった文体で綴られている。河原先生は学校ＰＴＡ主催のパーティで、料理の腕を振るわれた。フィッシュ・マルクト（魚市場）でたくさんのウナギを買ってきて、ウナギ丼（どん）を作った。たれを作るのに苦心したが、皆さんが、特にドイツの方々が「おいしい、おいしい！」と舌鼓を打ったので嬉しかった。

河原先生は愛知県春日井市の出身であり、地元の中学校で体育教師を勤めた。会田雄次氏の講演を聴いてから海外子女教育に関心を持ち、一九七二年（昭和四十七）から三年間、ブラジルのリオデジャネイロの日本人学校で教えた。一九九〇年（平成二）から再び派遣教員となり、ハンブルク日本人学校で校長を務めた。

河原先生はとても闊達な先生である。わたくしをハンブルク市内のあちこちに連れて行ってくれた。旧エルベ・トンネル（エルベ川の下にある地下道）や、ザンクトパウリの歓楽街を一緒に歩いた。その途中で、ドイツと日本の文化的な相違について多くのことを教えてくれた。わたくしは今でも、その時のことを思い出す。

## 9

ドイツ旅行の写真帖を繰っても繰っても、出て来ない一連の写真がある。それはわたくしがドイツの子どもたちを写したものだ。あいにく、その時写真機が故障して彼らを写すことができなかったのだ。しかし、わたくしの目には今でもありありと彼らの明るい笑顔が浮かんでくる。

デュッセルドルフから東へ二十八キロほど行ったところに、ネアンデルタールという町と美しい溪谷がある。ずいぶん昔、高校生の時、世界史の時間に習ったネアンデルタール人という人類の始祖と見なされた人の遺跡のある場所である。

ある日、わたくしがドイツに居た時、デュッセルドルフに住む日本人の友人に「明日、ネアンデルタールに行ってみようと思うのだが、どうだろう?」と言うと、彼はやや首をかしげて

「さあ、どうでしょう。行っても大したことはないと思いますが……」と言葉を濁した。

しかし、わたくしはどうしても行きたいから行くことにした。日本にいてドイツ旅行のことをあれこれ計画していた時から、どうしても行きたい場所の一つだった。

その日、七月三日（金曜日）は朝から陽射しの強い良い天気だった。さんさんと降りそそぐ太陽の光を浴びながら駅へ向かった。デュッセルドルフの中央駅から郊外電車に乗り、三つめのエルクラス駅で降りた。そこからバスに乗り、二、三十分ほどでネアンデルタールに着いた。バスはまだ先へ行くので、確かメットマンが終点だったと思う。バスの車内は人影まばらで、わたくしの他五、六人が乗っているだけだった。そして、ネアンデルタールで降りたのは、わたくし一人だけである。

矢印のある方向に進んで行くと、間もなくこんもりとした緑の丘陵に出た。幅三メートルほどの小道をずっと歩いて行った。人も車も全く通らない。別世界に入り込んだようだ。周りは背の高いポプラの木で、時折吹く風に枝の葉が静かに揺れた。昔、わたくしが今歩いている右側の丘の斜面から作業員が石灰岩を掘り出していた。そして、その時、原始人の遺骨が見つかった。それは一八五六年のことである。この緑の美しい渓谷と丘陵にわたくしはしばらく、じっとたたずんでいた。時間の悠久さを感じた。

また、歩き出した。すると、前方に考古博物館が見えた。二、三人の姿が目に入った。大人がいる、子どももいる。人々のざわめきがする。入館料の二マルクを払って中に入った。子どもたちがたくさんいた。彼らは物珍しい表情で、わたくしを見ている。自分たちと違う人間がこんな所に、しかも一人でやって来ることが不思議でならないのであろう。彼らはペットの犬を見るようにわたくしを眺め、そして、何か言葉をかけ、さわりたいようである。それで、わたくしは彼らの好奇心に応じることにした。まず、ドイツ語で簡単な挨拶と自己紹介を行った。その後、英語で彼らに語りかけた。彼らは面白がって友だちをつつき合ったりして、打ち解けてきた。いっしょうけんめい、習いたての英語で話しかけてくる子、友だちのかげに隠れながらわたくしの話をじっと聞いている子、近づいてきてわたくしのカバンや体のあちこちを触ってみる子。

彼らは十一～十二歳で、日本の小学校の高学年にあたる。学校の夏期旅行で、引率の先生と一緒にここへ来たのだ。その若い女の先生と少し英語で話をした。ブーシェイドという小さな町の小学校である。学校の住所をわたくしの手帖に書いてもらった。

それから、わたくしはこの子どもたちと一緒に博物館学芸員の説明を聞き、次々と展示物を巡った。パネル写真、模型、発掘された実物など、それぞれ興味深いものがあった。子どもたちは学芸員の話に意識を集中していない。わたくしの方を見て、にやにや笑っている。学芸員が説明を終えて向うへ行ってしまうと、子どもたちはわあっと言って、わたくしのところへやって来た。展示物を背景にわたくしと写真を撮りたいという子どもがたくさんいた。また、わたくしに次々と話しかけてくる。引率の先生に申し訳ない気がした。

ある女の子がわたくしにこう言った、「ねえ、どうして、こんなものが面白いの？」わたくしは言った、「ここはあなたたちの祖先と関係している土地である。また、この博物館に来るまでわたくしは歩いてきた。すると、丘やポプラの木や、岩がとても素晴らしかった。あのような自然が守り育てられてきたことは、あなたたちドイツの大きな誇りだと言ってよいだろう。」

博物館の出口の所で先程の若い先生がわたくしに言った、「子どもたちがどうするか、見ていました。あなたはいいことを言ってくれました。ありがとう、と御礼を言います。」わたくしはびっくりした。思ったことをただ、言っただけである。

この後、わたくしは博物館の周辺をぶらぶら歩きまわり、それからバスの乗り場へ行った。すると、あの子どもたちと出会った。バスが来るまで三十分ほど時間があった。それで一軒のみやげ物店に入った。あの子どもたちがたくさんいた。みやげ物を探したり、ソーセージを食べたり、アイスクリームを舐めたりしている。わたくしが店の中に入ると、子どもたちが集まってきた。わたくしがどんな物を買うのかと興味津々である。木彫りの人形を手に取って、表から眺めたり裏から眺めたりしていると、赤ら顔の丸い顔の少年が、「それはよしなよ。ドイツだったらどこでも売っているから。」と言った。すると、店の主人がムッとした顔でその子をにらんだ。しかし、彼は平気である。わたくしはいろいろと考えた末、ネアンデルタールというネーム入りの大きなメダルを買うことにした。それを持って主人の所へ行こうとしたら、さっきの子が「それを買うのか？」と尋ねた。「そうだ。」と答えると、わたくしの周りに七人ほどの子どもが集まってきた。そして、さっきの子がこう言った、「ぼくが交渉してやる。これはもっと安く買えるんだ。ここは観光地だから高い値段をつけている。」そう言って彼はわたくしからメダルを受け取ると、それを持って店の主人の所へ行った。見ていると、彼は店の主人と駆け引きをしている。しばらくすると、彼は戻って来た。そして、こう言った、「二マルクまけるって！」わたくしはその子の好意がうれしかった。わたくしは「ありがとう！」と言って、彼にボールペンをプレゼントに差し出した。だが、彼は受け取らなかった。わたくしが彼の好意をゆがめたようで恥ずかしかった。

それから、バスの乗り場に戻った。子どもたちはわたくしと別方向に行くので、このバスには乗らなかった。わたくしはバスの座席に腰を下ろし、緑の丘と子どもたちをずっと見続けていた。

## 10

もう一つドイツの子どもたちと出会ったのは、デュッセルドルフのカイザースベルトからラザハウスファーまでライン河下りの船に乗った時である。この時も、小学校高学年の子ども約三十人と一緒だった。引率の先生は、白い顎ひげをはやした老先生と中年の女の先生の二人だった。デュッセルドルフのトリスという小さな町の学校から来たと言っていた。

ドイツでは七月は夏季休暇中であり、その間、子どもたちはリュックを背負い、あちらこちらをよく旅をする。小学生だけでなく、中学生、高校生、大学生もよく旅をする。そして、大人たちもよく旅をする。自動車でも電車でも、あっという間に国境を越え、気が付くともう別の国という感じである。このように幼い時から、どんどん旅を経験し、国際性を身につけていく。子どもたちが学ぶことは学校だけではない。ドイツでは町の中だけでなく、海や川や森といったところがよく整備されている。

自然環境を整備することは、時には人工的、装飾的に改造することもある。しかし、自然そのものの本質やエネルギーを破壊したり、衰弱させたりしてはならない。自然そのものの本質やエネルギーを守り育てることが、ドイツ人の使命である。ライン河を静かに進む船の甲板で、わたくしはこのようなことを考えた。

今わたくしの周(まわ)りではしゃぎ、転(ころ)げ回っている子どもたちは素晴らしい自然の生き物だ。彼らと共に居ることは、とても愉快である。

ドイツ旅行中、子どもたちと出会うことで、わたくし自身の活力(エネルギー)を呼び覚(さ)まされた。長い間、亡失していた活力である。わたくしたちはいつまでも、このような活力に鼓舞されつつ、生きていくのであろう。

このように、わたくしは異郷の地ドイツにおいて、忘れかけていた「遠いもの」と出会うことができた。

# 第十章　半藤一利と漱石

## 1

半藤一利さんと会ったのはずいぶん昔のことである。一九九六年（平成八）一月のことだった。

わたくしが埼玉大学教育学部の教員をしていた時であり、埼玉県国語教育研究会主催の講演会に半藤さんを招待し、講演をしていただいた。場所は埼玉県妻沼町の中央公民館であった。その時の日記に、わたくしはこう記している。

半藤一利氏の講演「『坊っちゃん』をどう読むか」を聞いた。講演の後、控室でお話をした後、持参した本にサインをしてもらった。講演のお話は昭和史の研究家らしい文明批評の着眼が興味深かった。お別れする時、「あなたに漱石に関する私の色紙を送りますよ。」とおっしゃった。「それはどうもありがとうございます。」と謝辞を申し上げた。

その後、わたくしはいつ色紙が届くのだろうかとワクワクして待っていた。しかし、一ヶ月、二ヶ月経っても届かない。お忘れになったのだろうか、それとも、お忙しくてなかなか時間が取れないのだろうか等と考えた。

そして、四月になってやっと色紙が届いた。春になって猫が恋をするという絵と、その傍でペンを執って驚いている漱石の絵が描かれていた。嬉しくなって、早速、額を買いに行った。

そして、御礼の手紙を書き、拙著『若き日の漱石』を謹呈した。

それから数日後、埼玉大学教育学部の加賀谷学部長が「竹長さん、あなたのことを半藤さんが書いていましたよ。」と言った。「えっ！」と驚いた。「新聞ですか？　週刊誌ですか？」と聞いたら、「本です。」「どんな本ですか？」「明日、持ってきますよ。」

加賀谷学部長が見せてくれた本は、半藤さんの著書『漱石先生ぞな、もし』（文藝春秋一九九二年九月＊第一刷）である。わたくしはこの本を知らなかった。以前、大学や大学院で勉強していた時は漱石関係の本をよく読んでいたが、埼玉大学に勤めるようになってからは国語教育など教育書ばかりを読んでいたから、この本の存在を知らなかった。

そして、『漱石先生ぞな、もし』を読み始めたら、しばらくして、わたくしの名前が出て来たので、びっくりした。それは次のとおり。

竹長吉正氏の卓見を参考にして以下に書くが、作者（＊漱石）自身がいう〝俳句的小説〟のなかに、さりげなく反戦的な漱石の戦争観が織りこまれているのに気づく。それは（＊『草枕』）十三章の、日露戦争へ出征する久一さん（那美さんの従弟）をみんなで送る川舟のなか（注1）。

以下、続けて引用したいのだが、『草枕』という漱石の「俳句的小説」が小説の後半になると、突如、反戦的な漱石の戦争観が出てくるのでびっくりする。そのことをわたくしが最初に言ったのではなく、作家の大岡昇平が言ったのである。また、詳しくは調べていないが、他の研究者もこの『草枕』に反戦的な漱石の戦争観が出ていると述べている（注2）。そのような作品研究の流れの中で、わたくしの著書『日本近代戦争文学史』（笠間書院　一九七六年八月）に注目してくれた半藤さんに感謝する。

一九九六年（平成八）一月、わたくしが半藤さんに会ったのは初めてだが、半藤さんはわたくしの著書でわたくしのことをある程度知っていたのだと、後で悟った。

## 2

半藤さんのことで最近知ったのは、絵本『**焼けあとのちかい**』（大月書店　二〇一九年七月第一刷）である。この絵本を娘の紀子が送ってくれた。これは半藤さんが少年の時、体験した太平洋戦争のことを絵本にしたものである。絵を描いた塚本やすしさんも優れた絵描きである。半藤少年の顔が、年をとった半藤さんの若い時の顔にそっくりである。丸い顔、眼鏡をしっかりとかけて物事を正確に見ようとする真面目な姿、それは半藤さんを彷彿とさせる。

戦争が激しくなると、東京の下町・向島に住んでいた家族はバラバラになる。母と一利の下の三人のきょうだいが、母の田舎に疎開した。残ったのは父と一利である。一利は中学二年生であるが、学校には行かず兵器工場で武器を作る手伝いをした。一九四四年十一月にアメリカの爆撃機Ｂ29が東京の空に現れた。それから、東京のあちこちに爆弾や焼夷弾が落とされた。

一九四五年三月のある夜、「起きろ、空襲警報だ」と父から起こされた。防空頭巾をかぶり、その上に鉄兜をかぶり、ゴム長靴を履いて外に飛び出した。南の方が真っ赤に燃え上がっている。飛行機が次から次へと飛んできて、たくさんの焼夷弾を落とす。防空壕から見たＢ29はまさに巨大な怪物だ。

怪物の一機が我が家の真上を轟音を立てて通り過ぎた時、焼夷弾の落ちてくるのが分かった。一利は父と共に地面に臥せ、直撃を逃れた。「すぐ風上（かざかみ）へ逃げろ。手ぶらで逃げるんだぞ。」父がそう言った。しかし、一利はまだ、焼夷弾は怖くない、消そうと思えば消せると、バケツなどで必死に火を消そうとした。だが、火は消えず、周りは火の海だ。一利はまだ燃えていない我が家に入り、自分のカバンを肩にかけた。カバンには「命より大切なメンコ」や「友だちからもらった手紙」が入っていた。

ごった返す人々の群れの中を一人で中川という川を目指した。すると、ある人が叫んだ「おーい、そこの学生。背中に火がついてるぞ」一利はとっさにふり向いた。すると、学生服の上に着ていた半纏（はんてん）に火の粉がついていた。一利はあわてて、鉄兜を放り投げ、半纏を脱ぎ捨てた。そのとき、肩にかけていたカバンを落としてしまった。

それから、一利は橋の所へ行った。どうしようかと橋の下の川を見おろすと、船がやって来た。「乗せてくれますか?」と叫ぶと、「おう、いいぞ。」と言ったので、下まで行って、船に乗った。

それから、川の中で大きな荷物を背負った女の人を船に引っ張り上げようとした一利は川に落ちてしまった。川の中で転々とした一利はやっと、意識もうろうとしながら死にもの狂いで水面に頭を出し、たまたまそこにいた別の船に助けられた。

船の上からは火だるまとなっていく地獄のような光景を、一利はぼうっと眺めていた。

夜が明ける頃、火はようやくおさまっていた。燃えるものは全て燃やし尽くされた。焼け跡には瓦礫（がれき）、針金、金属が散らばっていた。靴下しかはいていない一利を見て、通りがかったおじさんが「これ、履（は）いて行きなよ。」と言って、でっかい大人用のドタ靴をくれた。一利は御礼を言って靴を履き、実家に向かった。

家は焼けて無くなっていた。茫然としていると、父が現れた。「よく生きていた！」と言い、笑顔を見せた。

戦争で実にたくさんの人が亡くなった。小学生の時の同級生、民（たみ）ちゃんも亡くなった。学校も焼けてしまった。三月十日の東京大空襲の後、八月十五日にやっと戦争が終わった。

そして、一利は大人になってから、次のことを述べた。

いざ戦争になると、人間が人間でなくなります。たとえまわりに丸こげになった数えきれないほどの死体がころがっていても、なにも感じなくなってしまいます。心が動かなくなるのです。戦争の本当のおそろしさとは、自分が人間でなくなっていることに気がつかなくなってしまうことです。あのときわたくしは、焼けあとにポツンと立ちながら、この世に「絶対」はない、ということを思い知らされました。

絶対に正義は勝つ。絶対に神風（かみかぜ）がふく。絶対に日本は負けない。絶対にわが家は焼けない。絶対に焼夷弾は消せる。絶対に自分は人を殺さない。絶対に……、絶対に……。
　それまで、どのくらいまわりに絶対があって、自分はその絶対を信じてきたことか。そしてそれがどんなにむなしく、自分勝手な信念であったかを、あっけらかんとした焼けあとから教（おそ）わったのです（注3）。

　半藤さんがいつかのテレビで語っていたことを私は思い出した。戦争での焼けあとにポツンと立ちながら半藤さんが悟ったのは、「絶対を信じない」ということである。この頃の政治家はよく、「きっと」「たしかに」「しっかりと」等、決まり言葉のように言う。しかし、このような言葉をわたくしは信じない。そして、戦争体験のことを忘れてはならないと思う。戦争体験は、体験の無い人でも、本や語り部（べ）から得た情報で「体験の様々」を継承していく必要がある。

## 3

　明治の人である夏目漱石も、自分の戦争体験を作品に部分的にでも綴り残したのである。

ところで、漱石が『草枕』（一九〇六年・明治三十九年九月、『新小説』に発表）の前に『**趣味の遺伝**』（一九〇六年・明治三十九年一月、『帝国文学』に発表）で書いていたことは次のとおり。

> 陽気のせいで神も気違いになる。「人を屠りて飢えたる犬を救え」と雲の裡より叫ぶ声が、逆しまに日本海を撼かして満州の果てまで響き渡った時、日人と露人ははっと応えて百里に余る一大屠場を朔北の野に開いた。すると渺々たる平原の尽くる下より、目にあまる獒狗の群れが、腥き風を横に截り縦に裂いて、四つ足の銃丸を一度に打ち出したように飛んで来た。狂える神が小躍りして「血を啜れ」と言うを合図に、ぺらぺらと吐く炎の舌は暗き大地を照らして咽喉を越す血潮の湧き返る音が聞こえた。今度は黒雲の端を踏み鳴らして「肉を食え」と神が号ぶと、「肉を食え！　肉を食え！」と犬どもも一度に咆え立てる（注4）。

以下の文では犬たちが人間に襲いかかり、腕を食い切り、胴にかぶりつき、はては骨までしゃぶりつくす。その様な凄まじい様子が描かれている。これは主人公の「余」が新橋駅で凱旋の軍隊を迎える人々の中で、彼の脳裏に浮かんだ戦争のイメージである。戦争を狂った神のしわざだとして、兵士たちが犬に次々と食われていくというのは、兵士が次々に殺されていくということである。戦争の残虐さを象徴的な手法で表現しているのだ。

これは日本とロシアという国と国との大きな戦いである。漱石は今しがた起こったばかりの戦争をこのように描いた。

日露戦争は一九〇四年（明治三十七）二月に起った。そして、乃木とステッセルとが戦い、旅順を開城させるのは一九〇五年（明治三十八）一月である。また、東郷平八郎が勝利する日本海海戦は同年五月に起こり、日本が勝利する。そして、同年九月、日露講和条約が調印され、日露戦争が終結する。このような流れを漱石は一部始終、見ていた。そして、自分の作品『趣味の遺伝』『草枕』でそのことを記述した。もちろん、日露戦争のことを作品に描いた作家・詩人・歌人・ジャーナリスト・軍人は大勢いる。例えば次の作品がある。

- 江見水蔭『決死隊』（郁文舎　明治三十七年三月）
- 与謝野晶子「君死にたまふこと勿れ」（『明星』明治三十七年九月）
- 大塚楠緒子「お百度詣で」（『太陽』明治三十八年一月）
- 田山花袋『第二軍従征日記』（博文館　明治三十八年一月）
- 桜井忠温『肉弾』（丁未出版社　明治三十九年四月）

・森鷗外『うた日記』（春陽堂　明治四十年九月）
・田山花袋「一兵卒」（『早稲田文学』明治四十一年一月）
・水野広徳『此一戦』（博文館　明治四十四年三月）
・志賀重昂『旅順攻囲軍』（東京堂　明治四十五年三月）

これらの作品は当時の日本人の戦争観を示すものだが、戦争賛美、反戦、厭戦と様々な反応が見られる。しかし、清水幾太郎の『愛国心』（岩波書店＊新書　一九五〇年三月）や阿部知二の『良心的兵役拒否の思想』（岩波書店＊新書　一九六九年七月）等を参照すると、なかなか一筋縄で片づかない問題であると理解できる。

わたくしが今、印象に強く残っているのは阿部知二のエッセイ「『歴史』の証言」（青木書店刊『平和』一九五三年九月号）である。阿部は当時のメーデー事件（一九五二年五月一日に起った。）の公判に特別弁護人として出席して陳述した。

その陳述の一つは、「政治的考慮や取引でなく、物の道理の正しさ、ということに照し合わせて」裁判を行うようにと力説したことである。そして、もう一つは次のとおり。

私は、今これから、堀辰雄の告別式に廻ろうと思っております。といえば、話がひどく飛ぶようではありますが、しかし、ここにも今日の現実はひしと感じられるのです。堀辰雄は、じつに長い療養闘病の生活の後に最近に浅間山の麓で息を引き取りました。ところで、新聞などによりますと、彼が、浅間一帯が演習場となることを、ことのほかに恐れ心を傷めていた、と信ずべき人々によって語られておりました。法医学的にその為に生命を短くした、という証拠を出せ、といわれるならば困りますが、とにかく人々はそう伝えております。

彼の死の少し前、看病中の夫人が、世界婦人の平和大会への代表を送るべき日本準備会に、メッセージを送られた、とも或る新聞で見ましたが、それは、この純粋の詩人の生活の中にも、すでに戦争か平和かの問題は否応なしに侵入してきていたのだ、ということを語っておるのではないでしょうか（注5）。

ここには阿部知二の描いた堀辰雄の死直前の姿がある。そして、阿部は次のことを述べる。

このような現代に生きている私たちは、ただ一人の文士としましても、何かは独立のために仕事をしなければ、……。その為に行動を起しつつある労働者や学生の人々たちと、同じ方向を向いてゆかないとすれば、つまり、何かに抵抗を試みないとすれば、後世の文学に対して何の面目があろうか、と感ずるわけなのであります（注6）。

わたくしはこの文章を読んで、阿部のような「気骨ある文学者」は幾人いるであろうかと考えた。

確かに、堀辰雄の死後、彼のような「気骨ある文学者」はあまり見当たらない。それは、夏目漱石のような文学者が見当たらないのと同様である。

戦争などという社会的現実の大変動の中で、文学者はどろどろになって格闘する。そして、文学の道を歩き始めた時の初心を忘れないだろう。わたくしたちも文学の道を歩き始めたばかりである。したがって、阿部知二の言葉を忘れてはならない。わたくしはもう一度、阿部知二の言葉を引用しておく。

> 何かに抵抗を試みないとすれば、後世の文学に対して何の面目があろうか、と感ずるわけなのであります。

漱石のことを考えるとともに、半藤一利さんのことを思い浮かべた。そして、阿部知二のことを考えたのである。

## 注

（1）半藤一利『漱石先生ぞな、もし』（文藝春秋　一九九二年九月＊第一刷）一六五ページ。

（2）大岡昇平が漱石の作品『趣味の遺伝』を中心に漱石の国家意識について述べた講演がある。題名は「漱石と国家意識」で場所は京都会館である。一九七二年（昭和四十七）十月三日に行われた。これは岩波書店主催の文化講演会である。なお、この講演は大岡昇平の著書『作家と作品の間』（第三文明社一九七三年十一月）に所収されている。また、雑誌『日本文学』（発行　日本文学協会）一九七二年（昭和四十七）六月号に伊豆利彦「日露戦争と作家への道」、駒尺喜美「漱石における厭戦文学『趣味の遺伝』」が掲載されており、漱石の戦争観が検討されている。

（3）半藤一利『焼けあとのちかい』（大月書店　二〇一九年七月第一刷）四三ページ。

（4）夏目漱石「趣味の遺伝」。引用は角川書店版『漱石全集　第三巻』（一九六一年一月初版＊一九六五年十一月第六版）三二〇ページ。原文を現代仮名遣いなど現代表記に改めた。

（5）阿部知二「「歴史」の証言」（青木書店刊『平和』一九五三年九月号）。

（6）前出（5）に同じ。

# 第十一章　吉村昭の少年及び青年時代

## 1

吉村昭の研究会に参加したのは二〇一九年八月三日である。東京荒川区の男女平等推進センターで行われた研究会であり、年齢の高い人が多かったが若い人もたくさんいた。

その日は夏の暑い日であった。研究会の発表者は上野重光氏で、題目は「昭和の戦争」小論というものであったが、実際は小論どころではなく、かなり綿密な内容のものだった。吉村昭に「昭和の戦争」と題する全六巻の著作（刊行、新潮社）がある。その著作をふまえて、特に吉村のそれらの創作動機に迫ろうとしたのが上野氏の発表であった。

わたくしが特に関心を抱いたのは、吉村昭の少年時代のことである。吉村は一九二七年（昭和二）五月一日、東京の日暮里で生まれた。東京の開成中学二年生の時、太平洋戦争が勃発した。中国大陸で戦死した兄（名前は敬吾）の遺骨が帰って来た。一九四四年（昭和十九）の夏、母が癌で亡くなった。この年、吉村昭は肺疾患で四ヶ月、中学を休んだ。休学後、吉村は学徒動員として軍需工場で働いた。一九四五年（昭和二十）三月、開成中学を卒業した。同年四月十三日、夜間空襲で日暮里の家が焼失し、足立区に疎開した。吉村は造船工場（長兄の経営。千葉県の浦安にある工場）に勤め出したころ、戦争が終わった。そして、同年十二月、父が病気で亡くなった。

このように吉村昭の幼少年時代を見てくると、悲惨である。兄の一人が戦死し、母と父が病気で亡くなった。十八歳までにこのような悲惨な事態が起こったのである。

## 2

吉村昭研究会で、作品の朗読もあった。その内容は小説というよりも随筆であり、吉村の少年時代のことを綴った作品であった。四十代くらいの女性が壇上でテキストを手にして朗々と作品を読み上げた。なかなかしっかりとした少年時代の日々、人との出会いなどが語られると、わたくしは自分の少年時代のように思えて不意に涙が目に滲んできた。

そして、帰宅すると早速、その作品を探した。おそらくこの作品であっただろう。そう思いながら、その作品を読み始めた。

> 終戦の前々年、つまり昭和十八年の晩秋のことである。私は、東京開成中学校の四年生であった。（中略）
>
> 中学校へは同じ町にあるので徒歩で通い、映画館や寄席のある浅草、上野へも歩いてゆく。電車に乗ることも稀で、まして汽車に乗ることは絶えてなくなっていた。
>
> 家とその近辺のせまい地域のみを動いていた私は、思い切って汽車に乗って旅行しようと考えた。さらに旅行先で果物でも入手し、食べることができたら、素晴しいとも思った。

こうして「私」、吉村は東京から百キロ以内の地を探し、山梨県の甲府へ行くことを考えた。甲府の手前の勝沼周辺は葡萄の産地であり、ちょうど葡萄の収穫期であった。また、帰りは甲府から出ている身延線で静岡県の富士宮に行く。そこには次兄の妻の実家があるから、食事をとらせてもらうことができるだろう。それから東海道線で乗り継ぎをして東京に戻れる。こんな計画を立てた。

学校が二日続きの休みだったので「私」は旅に出ることに決めた。母は子宮癌で寝ていたが、母から交通費を貰い、朝、家を出た。まず電車で八王子まで行き、そこから中央線の汽車に乗った。

それから、吉村十六歳の一人旅が始まる。

## 3

まず、八王子から汽車に乗った吉村の姿から見てみよう。それは次のとおりである。

久しぶりに汽車に乗り、それに一人旅であったので浮き浮きした気分であった。中学生の制服、制帽を身につけ、通学の折に使う布製の鞄を肩からさげていた。

甲府駅の手前の勝沼駅で下車した。想像通り葡萄畠がひろがっていて、私は、その中の小路に入っていった。

緞帳（どんちょう）でも垂（た）れたように重なり合った枝葉が道の両側につづいていて、はち切れそうに実った粒の葡萄の房が多く垂（た）れていた。

道の前方の葡萄畠に、老女の姿が見えた。

私は近づき、帽子をとって頭をさげ、葡萄を少し分けて欲しい、と言った。葡萄は、果実すべてがそうであったように統制食料品で、ゆずってくれないかも知れない、と思った。しかし、老女はあたりをうかがうような眼をしながら数房の葡萄を切り落して渡してくれ、代金は？　と問うと無言（むごん）で手をふり、畑の奥の方へ歩いていった。

私は、豊かな気分になった。

吉村はこの老女にすごく感謝しただろう。戦時下に葡萄は「統制食料品」でただで譲っては罰（ばつ）を受けることになるのを知っていた老女は、それでも「こっそりと」吉村に無料で葡萄を渡してくれた。

吉村はこの文章の続きに、「戦争がはじまってから果実を眼にすることはなくなり、稀（まれ）に乾燥バナナが配給されるだけであった。」と書いている。また、「戦中から戦後まで果実は東京の地からほとんど完全に姿を消していた。」と記している。

そして、吉村はこう綴っている。

そんな生活をしていただけに、葡萄を手にできたことに気持がはずんだ。私は駅への道を引返（ひきかえ）しながら、葡萄の粒を口に入れた。その折のうまさは、今も忘れられない。

吉村にとって忘れられない、嬉しい思い出である。

## 4

吉村がその日の夜、甲府駅始発の身延線に乗ろうとした。しかし、乗車券の販売制限時間にひっかかり、乗ることができたのは終電車だった。そして、その終電車は下部という駅でとまり、その先の富士宮までは行かない。富士宮には次兄の妻（嫂）の実家がある。吉村は考えた。下部駅のベンチで寝ればいい、そして、始発の電車で富士宮に行こう。

吉村が乗った電車は終電車だった。甲府駅から出た時、電車内は満員状態だった。軍需工場からの帰りの人たちが殆どだった。それから、乗客が次々に降りて行き、吉村は座席に座れるようになった。そして、自分の座席の前に小柄な少年が座っていた。「作業帽をかぶり青い上っ張りを着ていて、社会に出て働いている」少年だった。吉村は少年に「どこまで行くの？」と話しかけた。少年は「清水です」と答えた。清水市の大きな軽金属工場で働く少年である。吉村は自分より年下の少年がすでに働いているのだと思うと「後めたさ」を感じた。軽金属工場は軍需工場である。

それから、車中で吉村は布鞄から葡萄の房を取り出して、少年と一緒に食べた。少年から行き先を問われ、吉村が富士宮だと答え、下部駅のベンチで寝るのだと言うと、少年が「下部に叔父が宿屋をやっているから、そこに泊ればいい」と助言してくれた。

さあ、それからどうなるのだろうか。

## 5

吉村は少年の後をついて、下部の宿屋に着いた。ガラス戸が開いて、寝間着姿の中年の男と女が姿を現した。男は少年の叔父である。布団や枕が異常なので、吉村はこの家が元、娼家であることを知った。箱枕がどうも落ち着かなかったが、やがて眠りに落ちた。

翌朝、吉村が目を覚ますと、少年はいなかった。彼が寝ていた蒲団はたたまれていて、その上に箱枕が載せられていた。吉村は蒲団をたたみ上げ、荷物を持ち、階段を下りて出口の方に向かった。勘定場に少年の叔父の妻がタバコを吸っていた。おはようございますと言い、「宿賃はおいくらでしょうか」と尋ねると、「素泊まりだと、普通は三円もらっているけれど」と言った。吉村は五円紙幣を女の前に置き、「お世話になりました。釣銭はいりません」と言って頭をさげ、靴を履いて外に出た。駅に向かって歩き出した時、十八、九歳の女が近寄って来て「おかみさんが朝ごはんを食べて行け、と言っているよ」と言った。気だるいような顔と着物の着方から吉村はこの女性が「客を取る生活をしていた」と感じた。

吉村は「結構です」と言って、頭をさげ、足を速めて駅に向かった。

それから吉村は、やって来た身延線の電車に乗った。これから富士宮に向かうのである。

6

この作品は「中学生の一人旅」と題する随筆であり、吉村の著書『東京の戦争』（筑摩書房＊ちくま文庫　二〇〇五年六月）に収録されている。作品の末尾に吉村は次のように記している。

遠い戦争末期の一人旅だが、私はその折のことを鮮明に記憶している。少年の首から守り札のおさめられた小さな袋が下がっていたこと、下部駅で少年の後から歩いた道に濃い霧が流れていたこと、宿屋の近くには渓流が流れていたらしく、水の音もしていた。

身延線の電車の中に乗っていた作業服姿の男たち、そして大工道具をたずさえていた少年。戦時中に悠長に一人旅をしているという後暗さが、今でも胸の底に澱(よど)みのように残っている。

戦時中は、だれも重苦しく暗い時代だったと言われているが、私のように中学生の身でひそやかに一人旅を楽しんでいた者もいたのだ。

やがてやってきた身延線の電車に乗った。

しばらくすると朝の陽光を浴びた富士山が見えてきた。壮大な山容を、私は窓ごしにながめていた。

この終わりの文章を読むと、ホッと温かい気持ちになる。わたくしは「中学生の一人旅」を朗読者から聞いた時、何とすばらしい文章かと感銘した。

初めは、主人公の「私」はどうなるだろうか、どんな人と出会うのだろうかと不安になった。親切な葡萄畠のお婆さんには嬉しくなり、作業帽をかぶった少年との出会いは楽しく読み続けた。しかし、不穏な空気の漂う宿屋に行くと、心配になった。この少年（作業帽をかぶった少年）は果たして大丈夫なのだろうか（良い人物なのだろうか）と心配になった。少年が早く起きて宿を出ると、残った吉村少年はどんな目に合うのだろうかと気がかりになる。宿屋が娼家であることが分かると、吉村少年は淡々として宿を出る。この辺の様子は、『ピノッキオの冒険』でピノッキオが「赤エビ屋」という宿屋で狐と猫に騙されるのとよく似ている。ピノッキオはこの宿屋で、夜中に宿屋の主人から目を覚まされる。「今から二時間前にあの方々は出発しました」と言われ、ピノッキオは狐と猫の代金を支払うことになる。

しかし、作業帽の少年は自分の布団をきちんとしまい、吉村に自分の宿代を支払わせるなどしなかった。『ピノッキオの冒険』の狐や猫でなく、誠実な少年だった。ところが、この宿は娼家であり、おかみさんも手伝いの娘も「客をとる」媚びた姿だった。清純な中学生の吉村はしっかりと宿代を払い、駅に向かった。自分は戦時中なのに悠長な一人旅を続けたが、所々で戦時下の「暗いもの」を見ることになったのだ。

吉村少年は自分の住む東京だけでなく、それ以外の土地の戦時下の様子を見ることができたのである。戦時下の地方観察記録である。

# 第十二章　吉村昭と津村節子　その一

## 1

吉村昭の青年時代で、わたくしが最も注目したのは、次に述べる話である。それは吉村が学習院大学の文芸部に所属していた時の話である。文芸部は雑誌を出していた、そして文芸講演会も行っていた。文芸部の雑誌に『学習院文芸』があり、これは後に『赤絵』となる。この『赤絵』の編集長を担当していたのが吉村昭である。吉村は『学習院文芸』に作品「雪」を、『赤絵』に「金魚」「死体」を発表した。

学習院大学の秋の文化祭に、文芸部が文芸講演会を開くことになっていた。それで、ある日、吉村は部員のＳ嬢（北原節子）と鎌倉へ行き、中山義秀（ぎしゅう）のお宅を訪ねた。その時のことを吉村はこう記している。

中山氏には来客があったが、入れというので離室に行った。氏は、大きな熊の敷皮に坐って五十年配の方と話をしていたが、講演をお願いすると、

「学習院がなぜおれを呼ぶんだ」

と笑い、珍しいことだから行ってみるか、と言った。

私がＳ嬢とかたくなって坐っていると、突然中山氏は、

「君たちは、いいなずけか」

と、言った。

私たちが即座に否定すると、

「そうか」

と、半信半疑の顔で私たちの顔をながめていた。

事実私は、Ｓ嬢に特殊な感情をいだいていなかったし、Ｓ嬢にしてもそうだった。が、それから一年半後、私はＳ嬢の亭主になった。中山氏の言葉に暗示を受けたわけでは決してなく、自然にそうなったのである。

中山氏が癌で亡くなられた時、葬儀に参列させていただいた私は涙が出てしかたがなかった。それは氏が私の青春時代にお目にかかれたすぐれた作家の一人であったからだろう。

S嬢は、それから二十年間今でも私の女房として家に棲みついている（注1）。

これは吉村昭の随筆「ああ青春」の一節である。

吉村昭がS嬢と共に中山義秀のお宅を訪ねたのは一九五二年（昭和二十七）六月頃のことではなかっただろうか。

## 2

吉村昭の夫人となったS嬢（北原節子）のことについて述べることにする。北原節子は一九二八年（昭和三）六月五日、福井県福井市で三人姉妹の次女として生まれた。父は長野県伊那町の生まれであり、母は埼玉県入間川町の生まれ。母は四十歳で亡くなった。父は東京に転居するが、絹織物業を営んでおり東京と福井を往復して仕事を続けた。父は一九四四年（昭和十九）、死去する。節子は東京の第五高等女学校を卒業し、洋裁の仕事をしていたが、一九五一年（昭和二十六）四月、学習院短期大学の国文科に入学する。それから、学内の文芸部雑誌に作品を発表したり、丹羽文雄主宰の雑誌『文学者』に作品を発表したりする。そして、学習院短期大学を卒業し、吉村昭と結婚する。結婚時の吉村は二十六歳、節子は二十五歳である。

さて、北原節子は吉村節子となり、それから津村節子となる。ペンネームは津村節子である。津村節子というペンネームをいつから使用しているか、わたくしは調べていない。しかし、この女性は実に粘り強く、ずいぶん以前から執筆を始めていたようである。福井県立図書館が発行したパンフレット『ふるさとゆかりの作家シリーズ　津村節子』（二〇〇九年二月）を見ると、ジュニア小説が八冊もあり、全て津村節子というペンネームを用いている。

津村節子は一九五九年（昭和三十四）三月、『華燭』を次元社から刊行した。これが最初の小説出版である。一九六四年（昭和三十九）、『新潮』十二月号に「さい果て」が掲載され第十一回新潮社同人雑誌賞を受賞。そして、この作品「さい果て」が第五十二回芥川賞の候補になるが、残念ながら受賞できなかった。第五十二回は該当者なしで終った。そして、第五十三回芥川賞を作品「玩具」で受賞した。

以後、一九九〇年（平成二）、『流星雨』で第二十九回女流文学賞を受賞。一九九八年（平成十）、『智恵子飛ぶ』で第四十八回芸術選奨文部大臣賞を受賞。こうした数々の受賞を続けるが、二〇〇六年（平成十八）七月、夫の吉村昭が逝去し、悲しみに沈む。人生にはいろんな事が起るが、津村節子は元気を出してさらに生き続ける。

ちなみに吉村昭の受賞について述べておく。一九八五年（昭和六十）、作品『冷い夏、熱い夏』（一九八四年七月、新潮社刊行）で第二十六回毎日芸術賞、作品『破獄』（一九八三年十一月、岩波書店刊行）で第三十六回読売文学賞及び第三十五回芸術選奨文部大臣賞を受賞した。

夫婦そろって数々の受賞作品がある。

## 3

津村節子の作品でわたくしの印象に強く残っているのは、『白百合の崖（しろゆりのきし）――山川登美子・歌と恋』（新潮社　一九八三年五月）である。これは福井県小浜市に生まれた歌人山川登美子についての生涯を記した伝記的な小説である。与謝野晶子、与謝野鉄幹、増田雅子らが登場し、若狭地方の風土が詳しく描かれている。懐かしい思いで、この本を読み始めた。しかし、時代はずいぶん昔のことであり、人間関係のあれこれやは興味引かれるが、呆然として本を閉じてしまう。しかし、幾つかの箇所で感動する所がある。

例えば、次に示す箇所である。

登美子は、止みそうもない雨の音を聞きながら、仰向いたまま顔を覆って嗚咽していた。

ドアがノックされた。登美子は慌てて涙を拭い、はい、とか細い声で応えた。

ドアが開き、暗い廊下に、痩身の男の立っているのが見えた。

登美子は、ベッドの上にはね起きた。眼を大きく見開いたまま、声も出せなかった。

男は静かに病室にはいり、後手でドアを閉めた。それから、無言のまま登美子のベッドの近くに歩み寄った（注2）。


これは登美子の微熱が続いて東京の病院に入院している場面である。日本女子大の学友たちが交代で見舞いに来てくれていた。友人の増田雅子も来てくれた。与謝野晶子は育児に忙しく見舞いに来ることができない。そのような時、やって来たのは鉄幹（本名は寛）だった。続きはこうである。


「先生」

登美子は、ほとばしるような声と共に、寛に身を投げかけた。寛は、登美子のか細い肩を強く抱きしめた。

「先生」

登美子は、寛の腕の中で喘ぐように言った。入院して以来、毎日待ち続けていた人の腕の中にいるのだと思うと、軀が熱くなった。

「もっと早く来たかったのだが――」

登美子は、二箇月近くも待ち続けていた怨みを忘れていた。寛の腕の力は、骨がくだけるかと思われた。

懐かしい体臭が、登美子を包んでいた。頭を寄せ合い、『恋衣』の歌を選んでいたときにほのかに感じた体臭であった。死ぬならば、このまま死にたい、と登美子は思った（注3）。

このような文章を読んでくると、わたくしは津村が吉村の病床で行った動作のように思えてならない。つまり、津村は女性であるが、ここでは男性の寛になり、病床の登美子は男性の吉村のように思えてならない。津村よりも早く死の床についた吉村を見舞った津村は、自分の気持ちよりも吉村の気持ちを推し量っただろうと思うのである。

吉村昭の年譜を見ると、一九八二、八三年の彼はまだ元気である。一九八二年の六月には、船に乗って東京から北海道の釧路まで三十三時間の旅を楽しんだ。しかし、一九八三年三月中旬から一ヶ月、順天堂大学附属病院に入院し、鼓膜移植の手術を受けた。吉村はこの時五十六歳である。吉村が病床に臥して亡くなるのは二〇〇六年（平成十八）七月である。この時吉村は七十九歳。

ところで、『白百合の崖(しろゆりのきし)——山川登美子・歌と恋』の中で病床に臥す登美子と見舞う寛との描写は、津村と吉村との関係などとは思えない。しかし、津村が夫の吉村を見舞いに病室へ行った時の様子は、よく似ている。津村は寛の役であり、吉村は登美子の役である。

以上、それがわたくしの自分勝手な読み方である。研究者には申し訳ないが、文学作品の読み方はこれしかないというのではなく、多種多様な読み方が読書の楽しみである。

注

(1) 吉村昭『月夜の記憶』(講談社＊文庫　一九九〇年八月第一刷) 所収「ああ青春」。『月夜の記憶』二五三ページ。

(2) 津村節子『白百合の崖(しろゆりのきし)——山川登美子・歌と恋』(新潮社　一九八三年五月) 一八五ページ。

(3) 前出(2)『白百合の崖(しろゆりのきし)——山川登美子・歌と恋』一八五ページ〜一八六ページ。

# 第十三章　吉村昭と津村節子　その二

## 1

吉村昭及び津村節子のことについて、続きを書くことにする。それは津村節子の作品「紅梅」と著書『果てなき便り』を読んだからである。作品「紅梅」は雑誌『文学界』二〇一一年五月号に掲載されている。著書『果てなき便り』は二〇一六年六月、岩波書店から刊行されている。

作品「紅梅」を読む気持ちになったのは、斎藤美奈子の「文芸時評」（『朝日新聞　朝刊』二〇一一年四月二十七日）を見たからである。そこには次のような文があった。

今月の文芸誌で、もうひとつ特筆すべきは06年に79歳で他界した夫・吉村昭との最後の日々を妻の目から綴った津村節子「紅梅」であろう。妻が「育子」という名で登場する以上は「私小説」なのかもしれないが、感傷を排して事実だけを淡々と記した文章はむしろ「記録文学」という言葉を思い出させる。

最初は舌がんで、後には膵臓がんで苦しむ夫は身内にさえも（当初は娘や息子にさえも）病気のことは伏せろと命じて妻を困惑させ、遺言に詳細な葬儀の段取りまで記したうえで壮絶な死を迎える。

いま書店には反原発関係の資料とともに吉村昭の記録文学『三陸海岸大津波』（文春文庫）が並んでいる。歴史であれ個人史であれ、記録は大きな力になり得るのだ（注1）。

この「文芸時評」を読んで、わたくしは書店に行き作品「紅梅」の載っている『文学界』を買った。そして、自宅で読んでいると、何箇所か目に留まった。その一つは次の箇所である。

夕食後、育子はベッドの傍に蒲団を敷始めた。その時、夫がいきなり点滴の管のつなぎ目をはずした。育子は仰天し、

「何するの」と叫んだ。寝返りして腕を動かした時に、管にあたってはずれたのかもしれない。

すぐ娘と看護ステーションに電話をし、娘は顔色を変えて走り込んで来た。

「お父さんたら！　気をつけてよね」

娘は管のつなぎ目を何とか繋いだ。

すると夫は、胸に埋め込んであるカテーテルポートを、ひきむしってしまった。育子には聞き取れなかったが、「もう、死ぬ」と言った、と娘が育子に告げた。育子は気も転倒して、「あなたったら、あなたったら」何をどうしてよいかわからず、腰がぬけたようになって叫んでいた。

看護師が、駆けつけて来た。看護師も慌てていた。「何をなさるんです」と言いながら、ガーゼと絆創膏をあててあったカテーテルポートを、もとの位置にもどそうとした。

夫は、看護師の手を振り払った。看護師は夫を落着かせようとして、名前を呼びながら応急処置をしようとする。しかし夫は、長く病んでいる人とは思えぬ力で、激しく抵抗した。とても、手のつけようもない抵抗だった。

育子は夫の強い意志を感じた。延命治療を望んでいなかった夫の、ふりしぼった力の激しさに圧倒された。必死になっている看護師に、育子は、「もういいです」と涙声で言った。娘も泣きながら、「お母さん、もういいよね」と言った（注2）。

長く病んでいる夫の気持ちをよく理解した育子と娘である。それに対して、一生懸命延命治療を行なおうとする看護師である。両者の対立が良く描かれている。夫は自分の命の短さ、限界限度をよく知っているのだ。「もういいです」「お母さん、もういいよね」という言葉の重みがよく伝わってくる。わたくしも、自分の母の延命治療の場面に遭遇したことがある。

## 2

さて、この後の夫の臨終場面である。病室に息子が入って来た。それまで病室にいたのは妻の育子と娘とである。育子が息子の家に電話をし、息子が病室に駆けつけてやって来た。息子と娘と育子の三人で父（育子には夫）の傍に付き添っていた。

この後の状況は次のとおりである。

夫はベッドの柵越しにすぐ傍にいる息子の首に手を廻（まわ）した。何か言っているので、息子は夫の口に耳を近づけた。あまりに声が小さいので、育子には聞えなかった。耳がとりわけいい娘にも聞えないらしく、「何？　何？」と顔を近づけた。息子はうなずいている。夫は三ことの言葉を繰返している。

やがて力尽きたように腕をはなして、仰向けになった。
呼吸が、あえぐようになった。
三人は口々に夫を引き戻すように呼んだ。
呼吸が間遠くなり、最後に顎を上げるようにして、呼吸が止った（注3）。

これが夫の臨終である。実に詳しく綴っている。この後、作者は次のような文を書いている。

息子に夫は何を言い残したのだろう。なぜ育子にではなく息子なのだろう。しきりにうなずいていたから、聞えていたと思っていたが、あまり弱々しい声で聞きとれなかったという。長男にタノムタノムと言っていたのだろうか。小説を書くなんてヤメロヤメロと言っていたのだろうか。

育子が夫の背中をさすっている時に、残る力をしぼって軀を半回転させたのは、育子を拒否したのだ、と育子は思う。情の薄い妻に絶望して死んだのである。育子はこの責めを、死ぬまで背負ってゆくのだ（注4）。

「この責め」とは、いったい何であろうか。夫に充分、愛情を注いできた妻育子であるのに、なぜ育子は自分を「情の薄い妻」だと認識したのだろうか。これが実に奥深い問題である。夫が死に際に妻を自分の身辺に呼ばず、息子を呼んで臨終の言葉を告げた。それを育子は嫉妬したのだろう。読者のわたくしはそう思う。なぜ私を身辺に呼ばなかったの？　育子はそう叫びたかっただろう。

それは、育子が物書きであり、死に際の夫の様子をリアルに見つめ、描写したいと願っていたからだと夫は認識していた。それ故、夫は妻を自分の近くに呼ばず、息子を近くに呼んだのである。

このような見方や判断をわたくしがするのは、芥川龍之介の作家魂を想起するからである。芥川の作品「地獄変」がそれである。

## 3

絵描きの良秀（よしひで）が堀川の大殿様（おおとのさま）の願いで一枚の屏風絵を描くことになるが、その絵の計画を良秀は大殿様に「私は檳榔毛（びんろうげ）の車が一両、空から落ちてくるところを描こうかと思っております」と言った。すると、大殿様はよしわかったと言い、その準備をする。そして、いよいよ、絵を描くことになり良秀が絵筆を持って待っていると、檳榔毛の車の焼けるところを見せてやると大殿様が言う。不思議だなと良秀は思ったが、指定された場所に行くと、確かに檳榔毛の車がめらめらと焼け続け、火の粉が夜空に飛び散っていた。もう夜中である。

檳榔毛の車に乗せられていたのは良秀の娘だった。良秀はそれが分かっていても、娘を救い出すことなく絵を描き続けた。娘は焼け死んだ。そして、一ケ月後良秀は屏風絵を完成し、大殿様に届けた。その後、良秀は宅で自殺した。

この作品「地獄変」をわたくしは高校三年生の時、角川版の昭和文学全集第七巻の『芥川龍之介』（一九六三年四月刊行）で読んだ。堀川の大殿様はひどい奴だと思った。そして、娘を救い出せなかった絵描きの良秀が絵を描くことに熱中して、後に自分を反省して自殺するという筋道に少し疑問を抱いた。良秀はなぜ娘を救い出せなかったのだろうか。絵を描くことに熱中するというのは、小説を書くのに熱中するというのと同次元の問題なのではなかろうか。作者芥川の芸術至上主義というものが、人間としてのまっとうな生き方を捻じ曲げるのではないだろうか。そんなことを考えた。

津村節子の生き方も、吉村昭の生き方も作家としての観察や認識が人間としての情緒や感性を透明状態にするとすれば、人間としての泣き笑いなどの感情を無にしてしまいかねないのではなかろうか。

吉村昭は自分が死に近づいた時、自分と同じ職業の小説家である津村節子よりも、もっと人間味の豊(ゆたか)にある(人間としての泣き笑いなどの感情たっぷりの)息子を呼んで臨終の言葉を伝えよう、そう思ったのではないだろうか。

そして、作家の津村節子自身も、私のような冷静沈着な人間よりも息子のような素人の、素朴な人間に会わせた方が夫は喜ぶだろうと考えたかもしれない。

## 4

ところで、津村節子の小説『重い歳月』(新潮社　一九八〇年四月)を手にすることができた。二〇一六年十月、福島県の郡山に行った時、徳本堂という店で購入した。この小説本はわたくしの本棚でしばらく眠っていた。

しかし、吉村昭のことを調べていて津村節子の本も棚に揃えることにした。何冊か津村節子の本を並べていて、時々読んでいた。そしておやおや、と思う時があった。それは吉村昭の本が書いていることと重なり合うことがあったからである。それから、津村節子の『重い歳月』を夢中で読み続けた。

ところで、吉村昭の随筆「ああ青春」がある。これは吉村の著書『月夜の記憶』（講談社＊文庫　一九九〇年八月第一刷）に収められている。

この中で、吉村は大学の文化祭で講演を依頼する中山義秀のお宅を、津村節子（当時は本名北原節子）と共に訪ねたのである。このことの詳細は別稿「第十二章　吉村昭と津村節子　その一」で詳しく述べた。そして、このことがきっかけとなって両者は結婚するに至るのである。しかし、その至りの詳細について吉村は明確に述べていなかった。気恥しいという気持があったのかもしれない。しかし、津村節子はその詳細を小説で伝えている。それが『重い歳月』である。

単行本『重い歳月』は二つの章で成り立っている。それぞれ長い章である。第一章は三ページから百十八ページ、第二章は百十九ページから百九十ページである。第一章は既に雑誌『新潮』一九七八年（昭和五十三）三月号に掲載されたものであり、第二章は一九七九年（昭和五十四）十月に書下ろしたものである。津村節子が五十歳から五十一歳にかけての作品であり、まさに脂の乗り切った頃の作品である。これを読むとまさに、いろんなことが明らかになる。

## 5

吉村昭のことを作中では姓を明らかにせず、名のみを示し桂策(けいさく)としている。津村節子のことを章子としている。このような形で小説を読むことはわたくしにはあまり好きな読み方ではない。しかし、いろいろと吉村昭・津村節子のことを読んでくると、どうしても二人のことに迫りたくなる。仕方がないと思いながら作品『重い歳月』を読んでみた。

まず、『重い歳月』の次の箇所を示す。

桂策は五人兄弟の四男だが、三人の兄たちはそれぞれに造船、製綿、紡績、観光事業等を営んでいる。長兄は、掃除をしたことのない部屋が幾部屋もある古い屋敷に住んでおり、次兄は都心にある工場の敷地内に住んでいるが、房総の松林の中に、週末を過(す)ごすセカンドハウスを持っている。三兄は近郊の小高い丘を一つ買って、プールのある山荘風の家を新築した。

章子が、「土地だけでも、お兄さまたちに少しずつお金をお借りして買っておいたらどうかしら。地価がどんどん高くなるばかりだし、公庫が当ったとき急に買おうと思っても、手が出なくなっていると思うわ」と言ったとき、桂策はいきなり卓袱台をくつがえしてアパートを出て行ってしまった。その夜、深酒を飲んで、明方、泥酔して帰って来たが、数日機嫌が直らず、口もきかなかった。

兄たちに借金をして家を建ててはどうか、というのは、桂策の親戚や、父の代から親しい交際のある知人や、兄たちの会社に勤めている父の代からの古い社員たちの薦めであり、章子の思いつきではない。第三者の眼にも、同じ兄弟でありながら、兄たちと、桂策や三兄の会社の社宅住いをしている桂策の弟の生活の差の甚しさは奇異に映っているようであった。

かれらの言葉には、桂策は笑って取り合わなかった。だから章子は、それほどかれを怒らせようとは思ってもいなかったのだ。

章子は、裕福な桂策の兄たちに援助を求める気を起した自分のあさましさに、自己嫌悪を覚えた。貧すれば鈍するとはこのことだと章子は思い、こんなことを言うような自分になったのは、桂策のせいだ、とやりきれない屈辱感を、桂策への怒りに転嫁した。

桂策のような男は、結婚すべきではないのだ。結婚したからには、夫として、父親としての責任というものがあろう。かれがもう少し計画的な生活設計を立てる気があれば、現在よりは多少なりと余裕のある暮しができる筈である。だがかれは、金銭欲は全くなく、平凡で平穏な家庭作りなどには関心もない（注5）。

このように妻の章子は夫の桂策を鋭く批判する。章子は経済的に考えのある女性である。金銭欲というのはないが、計画的な生活設計を立てる女性である。章子は夫のみならず、夫のきょうだいのことを考えると、憂鬱になる。章子は時には「自分のあさましさに、自己嫌悪」を感じるが、しかし「こんなことを言うような自分になったのは、桂策のせいだ」と自己嫌悪から桂策への怒りへと変化していく。それは両者の生い育ちの違いに起因するからだろう。結婚というものは、それぞれの生い育ちの違いが発露する。その発露が相手に快く受容されれば問題はない。しかし、「いやだ」「困ったなあ」と受容されると、結婚しなければよかったと思うようになる。

## 6

津村節子の小説『重い歳月』を次々に読んでいくと、こんなところがあった。それは章子が大学生だった時、桂策と出会った時のことである。

章子は洋裁学校を卒業後、疎開先の町で洋裁店を開いた。店が軌道に乗ってきたころ、姉は結婚してあまり店に出なくなったが、妹は店を手伝うようになった。お針子は二人になった。商売が順調に伸びていた時、章子はふと短期大学の学生募集を新聞で見た。すると彼女は、商売に気が乗らなくなった。不思議な状況である。このことを作家は次のように記述している。

自分は女学校四年生で五年生と同時に卒業させられたというのに、戦後学校制度は六三三制に変り、妹は中学三年、高校三年、と自分より二年も多い学校生活を送っている。しかも自分たちの年代はその四年間のうちの後半を、防空訓練、農場作業、教練、勤労動員に明け暮れし、正規の授業は二年あまりしか受けていなかった。その学力不足が急に不安になって来たのだ（注6）。

これを読むと、章子が学生募集を新聞で見て大学に行きたいと思った理由が分かる。この年代の人は戦争のせいで学校へ充分に行けなかったのである。そう言えば、こんなこともある。最近のコロナウィルスの影響で学校が休校になったり、学校に行っても充分な授業が受けられず、しかも、友だちとも充分に話したり遊んだりすることができなかった。子どもたちはこれまでになかった経験である。

それと似た経験が章子にあったのである。そのため、戦争が終ったら商売を続けるよりも学校へ行って勉強したい、友だちを作って親しく話をしたいなどと思ったのである。

そうして、章子は短期大学に入った。それからの様子を作家は次のように綴っている。

> そのときすでに二十二になっていた章子には、短期二年の大学ということも適切と思われた。
>
> 半年後、章子は高校卒業認定試験を受け、四年も年下の人々と机を並べるようになったが、桂策も結核のため休学していたので、その頃まだ大学二年に在学していたのである。かれは、校門の守衛が助教授と間違えて挨拶するほど老けて、学生らしさを失っていた。章子は大学と短大の合同授業や、クラブ活動のときなどに顔を合わせる学生たちがみな自分より年下で幼く見えるのに比して、桂策一人が分別ありげに、頼もしげに見えたものだった。
>
> 桂策とは文芸部で知り合ったのだが、かれはその時すでに小説を一生書いてゆく気になっていた。章子は、洋裁学校へ行っている頃から少女小説を書き、小遣程度の収入は得ていたが、文芸部にはいってから同人たちに刺戟されて、大人の小説を書きたい、と思うようになっていた。（中略）

かれは、いつも文芸部の部室にいて、授業には殆ど出席していないようであった。戦時中の学力不足が不安になって四年も年下の人々と机を並べる気になった章子は、そんな桂策に対して最初は批判的であった。同人雑誌の作品の評判がいいからといって、小説で生活が出来るつもりでいるとすれば、あまりに世の中を甘く考えすぎている。卒業後も趣味として書き続けるのはいい。また趣味でなく、それを生涯の目標とするのならば、それもよいだろう。だが、それならいっそう生活の基盤をしっかり固める必要がありはしないか。

就職のために大学にはいるわけではないが、就職するためには一応その課程を修了したほうが有利である。授業に出ず、小説を書くことにのみ情熱を注いでいる桂策は、世間知らずの思い上り者だ、と章子は思っていた（注7）。

このように章子は、授業にも出ず小説を書くことばかりに専念している桂策を冷静に見ていた。しかし、章子は桂策に誘われて「高名な作家」の主宰している同人雑誌の合評会に行ったり、大学の秋の文化祭に講師としてお願いする作家の家に行ったりした。

文化祭の講師依頼の話は既に、吉村昭の随筆「ああ青春」の一節に述べられてある。そのことを津村節子は小説『重い歳月』の中で述べている。それは桂策と章子が鎌倉に住む作家を訪ねた時のことである。以下、引用する。

熊の皮の上に坐った古武士のような風格の作家は、かしこまって膝を固くしている桂策に、「G学院が、なぜわしに講演を」とたずねた。G学院は、限られた一部の階層の子弟のための特殊な学校だという印象が、一般の人々にはまだ強く残っている時代であった。桂策は、すでに民間に門戸を開いた普通の私大と変らぬ学校であることを説明し、その作家の作品について感想をのべ、是非お話をお聞きしたいと思って参上したのだ、と手をついた。

作家の顔はいかめしかったが、二人を不快には思っていないようであった。講演を引き受けてくれたので、ほっとしていとまを告げると、「きみらは、いいなずけですか」とたずねた。桂策は狼狽し、それぞれ大学と短大の文芸部の委員長であると説明した。

帰りの電車の中で、「なぜ、いいなずけなんて聞いたんだろう。そんなふうに見えたのだろうか」かれは興味深そうに言った。「そうじゃないでしょう。何でもない男と女が一緒に歩くことなんかあり得ないと考える世代の方なんだわ」章子はおかしがった。

「しかし、そう見るのが普通なのかもしれないな」

「どうして？　何でもなくても一緒に歩いている人は多いわ」

桂策はあとになって、あの時、自分の気持を打ちあけるつもりだったのだが、おまえがあんまり、何でもないという言葉を強調するから、言いそびれたのだ、と言った。
章子はその時桂策が結婚まで考えているとは思わなかったが、何らかの意思表示をしようとしていることを察して、故意に話をそらそうとしたのであった。かれは得難い友人であり、現在の均衡を保ってゆきたかった。男と女の感情がはいり込んで来ると、交際の仕方が難しくなる。結婚を前提とせずに男女の交際をすることは避けたかったし、結婚相手として桂策を考えることは出来なかった（注8）。

これを読んでくると桂策は章子と結婚したいと思っていたが、章子は結婚相手として桂策を考えていなかったとのことである。それは章子が結婚相手としての条件が桂策では悪すぎると思っていたからである。しかし、それから、桂策の哀れな状況を次々に知っていくと、章子の気持が右から左へと急展開していく。これが章子にとっての愛の始まりである。

雨に全身を打たせながら歩いて行く桂策の姿は異様で、人目を浴びている。レインコートも上衣も着ていないので、濡れたワイシャツが上半身に貼りついて、肩のゆがみも背の窪みも露わになっている。
日常生活に支障はない、と健康診断書にはあったが、無理をしてよい筈はなく、風邪でもひいて再発しては、と章子は、子供っぽい桂策の腹の立て方に当惑しながらも、そのままにしてはおけなかった。

漸（ようや）く追いついて傘を渡そうとしたが見向きもしない。やむなく自分の傘をさしかけてバスの停留所まで歩いた。バスが来たので傘を押しつけたが、かれは受け取らずに乗り込んでしまった。続いて章子もバスに飛び乗り、並んで吊皮につかまった。バスに乗ってからも、桂策は章子を無視し続けていた（注9）。

これを読むと、普通だったら彼女（章子）は腹を立てて、そっぽを向き、自分の家に帰ると思う。そして、二人の関係は無に帰する。しかし、章子は不意に桂策をかばおうという気持になるのである。それは長い間、彼女の心の奥に眠っていた「桂策への愛情」が突然、噴き上がったのである。人間の心とは、このように不思議なものである。まさにドラマである。

桂策がバスを降りて、足早に歩いて行く。すると、章子は追いかけるようにして、ついて行く。その続きは次のとおりである。

コンクリートの塀をめぐらしたかなり広い敷地の工場があり、桂策の兄の会社の名を記した金属板が門柱に嵌（は）め込まれていた。裏手に廻（まわ）ると、十坪ほどの同型の平屋が並んでいて、桂策はそのうちの一軒の格子戸に手をかけたが、鍵をかけていないらしくすぐ開いた。章子は、玄関の敷居をまたがずに、その場に立っていた。桂策は上り框の上から、「どうしてこんなところまでついて来たんだ」と、はじめて口を開いた。

「だって、濡れたら軀に毒だわ」

「そんなこと、きみの知ったことではないだろう」

「どうして？　心配だわ」

「心配？　ぼくのことをきみが」

「そうよ。当り前じゃないの」

「心配だけでついて来たのか」

「喧嘩したまま別れたくないわ」

「どうして」

「どうしてって、どうしてもよ」

章子は、自分で自分の気持がわからなかった（注10）。

こうして章子はようやく自分の気持をはっきりとつかむことができたのである。桂策は以前から章子に対する愛の気持を抱いていたが、いつの間にか自分は彼女から見放されたと諦めていたのである。しかし、そんな桂策にひょいと光が訪れた。そして、桂策と章子はやがて結婚式を挙げるのである。

小説家の二人にこのような劇的な出来事があったとは、とても思われないことだが、夫はそれを随筆に少し書くし、妻は小説でリアルに描いた。両方とも、わたくしには感銘深い出来事だと思った。

## 7

こうして、津村節子の小説『重い歳月』を読んでいくと、これは津村節子の自伝的小説なのだと感じた。そして、この小説は自分のみならず、他者のことも冷静に描いている。わたくしは、ああこの小説は漱石の『道草』に近い作品なのだなあと思った。

作家は他者のことを描くだけでなく、自分自身のことをも描くに決まっている。そうして、自分を自分から切り離して他者と見て客観的に描くのである。芥川龍之介の作品「地獄変」の主人公良秀が自分の娘が檳榔毛（びんろうげ）の車の中で炎に包まれて苦しんでいるのを冷静に見ていたというのは、その時の良秀は娘の父でなく画家であるという認識で一杯だったのである。その夢のような認識から目覚めると、良秀は「ああ、そうだ。娘を救い出さねばならなかった。どうして俺は絵筆ばかりを走らせていたのだろう」と後悔しただろう。すなわち、芸術家（画家や作家）というのはその仕事に専念すると、娘の父であるとか妻の夫であるとかは、いろんなことで忘失するのである。娘の父である良秀は絵を描くのに夢中になり娘のことを忘失していたし、『道草』では夫の健三が原稿用紙に向かって夢中になり妻の御住（おすみ）や子どものことを忘失している。

吉村昭もそうであっただろうし、津村節子もそうであっただろう。そのような時がきっとあったと思う。

そして、津村節子の小説『重い歳月』を読むと、吉村昭や津村節子のことを思い浮かべるが、そのような読み方をしてしまうと作品が細くなって、つまらなくなると思った。

だから、わたくしは『重い歳月』を片方の頭では吉村や津村のことを思いながら、また、片方の頭では全然別の映画や劇に登場する人物のように思って読むことにした。すると、気楽な気分になって楽しく読むことができた。文芸作品の読み方はこのような二重、三重の読み方ができると楽しい。しかし、研究的な読み方をすると、先に述べたように、作者の実生活のことが興味深くなる。漱石や芥川に対しても、そのような研究的な読み方が盛んに行われてきた。今後は吉村昭、津村節子の作品が研究的な読み方で、どんどん行われるであろう。

## 注

（1）斎藤美奈子「文芸時評」（『朝日新聞　朝刊』二〇一一年四月二十七日）。
（2）津村節子「紅梅」。『文学界』二〇一一年五月号の七九ページ。
（3）前出（2）『文学界』二〇一一年五月号の八〇ページ。
（4）前出（3）に同じ。
（5）津村節子『重い歳月』（新潮社　一九八〇年四月）十七～十八ページ。
（6）前出（5）『重い歳月』二十一ページ
（7）前出（5）『重い歳月』二十一～二十三ページ。
（8）前出（5）『重い歳月』二十六～二十七ページ。
（9）前出（5）『重い歳月』三十一～三十二ページ。
（10）前出（5）『重い歳月』三十二～三十三ページ。

## 附記

吉村昭や津村節子の作品で、「からだ」という言葉を漢字で表記する場合、「軀」という漢字を用いる。これは何か特別な思いがあるのか、それとも自分たちが学校で教わった時の漢字であるから常に用いるのか、よくわからない。今後の研究課題とする。

# 第十四章　長谷川かな女のこと

## 1

雑誌『ホトトギス』の大正八年（一九一九）十二月号、これは第二十三巻第三号で通巻二百八十号に当たる。この雑誌を見ていたら、いろんなことが思い出された。

まず、この雑誌の表紙である。十二月の季節にはマッチしないが、大きなひまわりの花に朝顔の蔓（つる）が絡（から）まっている。淡いブルーの色彩に、黄色と緑、それにちょっぴり赤が配されている。

この表紙を描いたのは、森田恒友である。埼玉県熊谷出身の画家である。

森田恒友となると、わたくしは雑誌『方寸（ほうすん）』のことを思い浮かべる。この雑誌は明治四十年（一九〇七）五月に創刊し、明治四十四年（一九一一）七月に終刊した。当時、ハイカラな美術的な文芸雑誌として注目を浴びた。森田はこの雑誌を山本鼎、石井柏亭らと出した。この三人は画家としてだけでなく、文才に優れており、それゆえ文学者との交際が始まり、やがて、「パンの会」という組織が結成されてゆき、その「パンの会」には木下杢太郎、北原白秋、高村光太郎らが集うことになる。

森田恒友は『方寸』に絵を描きながらも詩を発表しているが、やがて画業に専心し、大正三年（一九一四）フランスにわたり、セザンヌの影響を受ける。大正四年（一九一五）帰国し、二科会の会員となる。大正五年（一九一六）、日本美術院再興第三回展に出品し同人に推薦され、二科会を脱退する。また、大正九年（一九二〇）、日本美術院を小杉未醒や山本鼎らとともに脱退し、大正十一年（一九二二）春陽会を創設した。森田は美術学校の教員を勤めながら、晩年は水墨画によって田園風景を好んで描いた。そして昭和八年（一九三三）、五十二歳で亡くなった。

森田は青木繁とも親しく、青木の名作「海の幸」が生まれるきっかけとなった明治三十七年（一九〇四）七月の房州布良行に同行した。また、文筆に優れた森田は『平野随筆』（古今書院　昭和九年三月）『恒友画談』（同前　昭和九年五月）『画生活より』（同前　昭和九年七月）の著作を残している。

## 2

『ホトトギス』大正八年（一九一九）十二月号には、俳人長谷川かな女の短篇「雨の音」が載っている。これは二段組みで五ページの小品であるが、俳句者にしては珍しい短篇小説である。

　長谷川かな女は明治二十年（一八八七）の生まれであるから、三十二歳の時の作品である。この作品の梗概は、次のとおりである。

「東京に生まれて東京に育って、育てられた母親の許からさへ離された事のない彼女は全くの世間見ずであった。人の妻となった今日でさへ彼女は生れた家を一歩も出ないのである。」この書き出しで始まるが、その彼女が一年越しの疾患を癒やすために夫と二人きりでＵ温泉（＊本文ではこのように記されているが、かな女の他の文章を読むとＵ温泉とは湯河原の温泉であることがわかる。）に行くことになる。忙しい中、旅館まで連れて来てくれた夫は彼女に、「一人で居られるかい」ときく。彼女はこの言葉を聞いた途端、急に悲しくなる。「浴衣の上に着た羽織の紐をといたり結んだりして居るうち彼女は段々悲しさが濃くなった。帰り度いといったってそんな我儘は通る訳のものでなし、これから三週間四週間はどうしても此処に居なければならない。今日にも雨が止めば夫を帰さなくては母親にも済まないのである。彼女は夫と二人で居るといふ事を思ひ味ふ隙などはもう無かった。夫の帰る時ばかりを一心に思ひ詰めて居るのであった。」

そして、彼女は火箸で灰をかけまわしながら、ほろっと灰に涙を落とした。その涙を夫は見逃さなかった。「喉で詰まってしまふやうな妻の声」を聞いていると夫も涙ぐましい気持ちになっていった。隣の部屋でにぎやかに将棋を指している男たちの声が耳に入ると、二人はいっそう寂しくなった。「まるで心中でもしに来たやうね」女中がそう思うかもしれないと言って、妻は厠に行く。

厠から帰ると、夫は火鉢の傍で寝ていた。「お湯を召していらっしゃいませんか」と妻が言う。夫は返事をせず、眠っている。妻は戸棚から蒲団を一枚出して夫にかけようとした。その時、夫の頬から畳に伝わり落ちるものを彼女はそっと見た。

この作品は筋の面白さよりも、妻と夫双方の心理の起伏が簡潔な描写の中に活写されているのがよい。夫と妻との間に出来てしまった心の隙間を静かに、しかも悲しく描きながら、それでいてお互いに通い合うものを探り求めている。そうした夫婦の姿が巧みに描かれている。雰囲気で読ませる作品で、俳句的な深みがある。

このような私小説風の作品を長谷川かな女が書いていることが、わたくしには大きな驚きであった。

作品「雨の音」でふれている「一年越しの疾患」とは、彼女の脚の疾患である。そして、これ以後、かな女は終生、この病に悩まされ続けた（注1）。かな女の俳句で、この脚の疾患に関係するものが多い。かな女俳句の特徴は、その脚の病とのかかわりである。療養者が平常世界から「追放された者」ではなく、堂々と胸を張って生きられる「社会人」であることの証明を彼女の俳句は行っている。したがって、長谷川かな女の俳句作品と彼女の俳句活動は、身体障害をもつ他の多くの人や闘病者に大きな励ましをもたらしたと判断する。

かな女が脚の疾患に悩み始めたのは大正六年（一九一七）頃からである。梅雨期に入ると、足が痛みだすので、かな女は一人、湯河原に行き、入湯のため数週間滞在したことがある。元来外に出て遊ぶことの少なかったかな女が、さらに「体の一ところに痛むところ」が出来てから、外に出るのが余計物憂くなり、母と裁縫ばかりして家にいた。そのようなかな女に湯河原にでも行ったらどうかと夫の零余子から勧められ、三週間の湯治滞在が実現したのである。

零余子は俳号であり、本名は富田諧三といい、群馬県鬼石町の出身である。長谷川家の娘かなに英語を教えるようになり、このことが機縁となり、明治四十二年（一九〇九）三月、伊藤竹酔の紹介でかなと結婚し長谷川家の養子となった。かなの生家は日本橋の商家である。かなは日本橋の私塾小松原塾に学んだのみであったが、英語の個人指導を受けるため諧三に学び、やがて二人は結婚することになり、諧三が長谷川家に入籍した。

諧三は明治四十四年（一九一一）ころ、ホトトギス発行所に出入りするようになった。明治四十五年（一九一二）、東京帝国大学の薬学を卒業し品川の薬品研究所に就職したが、大正元年（一九一二）、高浜虚子のすすめでホトトギス発行所に編集員として勤めることになった。俳句に専念することになった諧三（俳号は長谷川零余子）にならって、かなも句作をはじめ長谷川かな女と号することになる。

かな女は大正二年（一九一三）ごろから、高浜虚子に師事し、女性俳人隆盛の先駆者の一人となる。大正七年（一九一八）、零余子が雑誌『花月』（永井荷風の個人誌）の俳句欄を担当し、かな女はこれに出句した。大正九年（一九二〇）九月、零余子が俳誌『枯野』を創刊し、これに所属するが、昭和三年（一九二八）七月、零余子がチフスにかかり病没。四十三歳であった。『枯野』は廃刊となる。夫の死後、一ヶ月半後、火事に見舞われて、家を焼失す。浦和に居住する。『枯野』は『ぬかご』と誌名を変えて存続し、かな女はその雑詠選者を担当するが、内部対立があり、かな女は別の俳誌『水明』を創刊する。

『水明』の創刊は昭和五年（一九三〇）であり、かな女は以後、浦和を拠点にし、全国の俳句人から慕われるようになる。

3

前掲の文章「雨の音」には、長谷川かな女の不安げで寂しい心情が述べられている。湯河原に着くまでは生き生きとしてはしゃいでいたのに、旅館について一人残されると限りなく寂しさがこみ上げてくる。これならば、外に出なくとも東京の家にいて母と針仕事でもしていたいと思う。夫の零余子は用事があるので妻を旅館において東京に帰ったのである。

また、「雨の音」が載った雑誌『ホトトギス』大正八年（一九一九）十二月号には、かな女の俳句が三句掲載されている。

竜胆（りんどう）の太根（ふとね）切りたり山刀（やまがたな）

彩（いろど）りし犬の絵姉妹夜学かな

足の患ひ未だ癒えず

足曲げ見て涙こらへぬ秋の暮

「竜胆の……」の句については、長谷川かな女の著書『雨月抄』（山田書店　一九四八年八月）に次の自解（自分解説）がある。

竜胆の句は私としては線の強い句で、その頃の自分の快心の作と思っていた。中野から新井薬師の裏、御霊（みたま）の宮の丘つづきの雑木林、竜胆も刈萱（かるかや）も探せばたくさんあるので、椎の実を拾ったり、竜胆を掘ったりして一日遊んでこられた。これが最上の行楽だった。

（『雨月抄』七ページ）

足の痛みがだいぶやわらぐと、かな女は吟行に出かけ、俳句をたくさん作った。療養者はたいてい、心が沈んでいると思われがちであるが、彼女の心には強いものを秘めている。この俳句は療養者の作品とは思えない力強さがある。

しかし、大正九年（一九二〇）の冬から、左足の痛みが激しくなった。その時、次の句を作った。

凍（い）てる廊にころび哭（な）きけり声あげて

この俳句についての自解は次のとおり。

真実の声を私はあげた。縁（えん）（＊縁側のこと）までは何とかして這っていってそれから先、厠（かわや）の戸に縋（すが）ったまま泣いていたことを覚えている。

（『雨月抄』七ページ〜八ページ）

それから丸三年、彼女は家にこもり続けた。零余子がかな女の母と一緒に芝居見物に出かけても、自分は家にいて女中と共に寿司を食べた。かな女は夫や母の芝居見物をうらやむことなく、彼女なりに充実した時間を過ごした。家の留守番をしながら、家の中で歩く練習もした。

大正十年（一九二一）の二月末から約一ヶ月、東京帝国大学の大学病院物療科に入院した。医師は真鍋嘉一郎だった。真鍋医師は学究的な人であり「懇篤（こんとく）な診療」をしてくださったと、かな女は記している。真鍋医師は大正五年（一九一六）、夏目漱石の「リューマチス気味の痛み」を診断し、それが糖尿病だと突き止めた。そして、同年四月から七月上旬まで漱石の治療を担当した人である。

かな女はこの入院によって左足の切断をしないで済むようになり、回復に向かう。

蕾もつ草をおぼろに踏みしかな

大正十一年（一九二二）のかな女の作品である。人目にふれない自宅の庭で、おぼろげながらやっと杖を立てて一人で歩いているかな女の姿が読者の目に浮んでくる。杖を持てば、どうにか一人歩きができるようになった作者の喜びが目に見えるようである。

杖の先や足の下に、柔かい萌え草を感じて歩く。そのように歩いている間に、足下の小さな草々がみな、それぞれ蕾を持っているのだと気付く。そのことを気づかず、これまで草を踏んだり、杖で押しつぶしたりしていたのだ。

萌え草の蕾に気づいたというのは、闘病生活を通過したからこそ発見されたのであり、通常は見過ごしてしまう。蕾を持っている草のように人間も希望を持って生きることに専心する、それがかな女の発見した「生きる哲学」である。

小さな草の「いのち」の尊さも当然であるが、ここでは草が「蕾を持っていること」の大切さに焦点が当てられている。

長谷川かな女の俳句の特色は「台所俳句」と言われ、日常生活に即した題材を堅実な言葉と表現で示したものが多い。浪漫性などとは無縁といっていいほどの日常性、生活性が俳句に沁み通っている。俳人の柴田白葉女は長谷川かな女を評して、「外面やわらかく無抵抗でありながら、内に強い意志と気迫を抱いて、じっと動じない、あの明治の女性の筋骨が、かな女を今日の女流第一人者に仕上げた」と述べている（注2）。しかし、かな女の「強い意志と気迫」は「明治の女性の筋骨」ばかりで出来上がったとわたくしは思わない。それは既に見てきた彼女の人生における療養者としての生活と体験が、彼女に「強い意志と気迫」を育んだと判断する。

長谷川かな女は足の疾患のみならず、幼時から病弱であった。しかし、その病弱たることに甘えず、むしろそれをはねかえすほどの「蕾をもつ草」であった。

## 4

ここに一冊の俳句書がある。『埼玉俳句選集　昭和三十年版』（発行・一九五五年十一月）で、埼玉県俳句連盟の編集発行である。著者代表に長谷川かな女・斉藤俳小星、発行者に岡安迷子、印刷者に高柳重信。いずれも俳人であるが、特に高柳重信の名がわたくしの目を引いた。高柳は俳句に現代詩の手法を取り入れ、しかも多行形式を唱導した俳句界の前衛作家であり、金子兜太（とうた）と居並ぶ存在である。その彼が印刷者として仕上げた本である。

A５判変型で、あずき色の落ち着いた装丁である。この本に収録された作家と作品に目を注ぐと、さまざまな思いに捉えられる。

その中でわたくしの目は、長谷川かな女のページに向かう。わたくしが大学を卒業して就職し、埼玉の地に来た時、まず会ったのがかな女であった。そして、師事して半年もたたないうちに、かな女は他界した。

以下、かな女の作品を通してその特徴を記す。

愛鷹を雲流るるや芒(すすき)枯る
榧(かや)の花咲くとも見えで比企墳墓(ひきふんぼ)
あすならう陽(ひ)に植え込んで冬暖か

前掲『埼玉俳句選集　昭和三十年版』所収の作品である。この本には「あすならう」と題して全十句が示されているが、ここに載せたのはその三句である。

かな女俳句の特徴は、人間のみならず自然全体を含む「生きとし生けるもの」に対する慈愛の念である。前掲の俳句によれば、鷹は愛する鳥であり、あすなろうは樹木である。

## 5

長谷川かな女の著書『雨月抄』（山田書店　一九四八年八月）から彼女の秀句を引用して、わたくしなりに気づいたことを記す。

次の俳句がある。

月島の夜を待つ人や泥鰌汁
柿色の暖簾のそとや酉の市
燭かへて寒気勝れぬ義士祭
生れたる日本橋の雨月かな
天上に咲く華挿頭し寒烈し

いずれも江戸趣味というか、すべて東京の風物に関する俳句である。第一は月島という地名から、江戸川や墨田川近辺の風景が偲ばれる。第二は浅草の酉の市であり、第三は赤穂浪士の泉岳寺である。また、この本の題名になった「雨月」はかな女自身が生まれた日本橋に関する。そして最後の「天上に咲く」の句は演能「羽衣」を詠んだものである。かな女は浦和の地にいても、心は絶えず生地の東京・日本橋周辺に帰って行った。懐かしい「わが故郷」であったから。

しかし、かな女が浦和に住むようになってから、また、埼玉の地にも親しみを感じ、彼女の俳句に埼玉の風物が詠まれるようになる。例えば次の俳句である。

巣の鷺の頸高らかに雛を見る
警策に散る木犀の大樹かな
青葡萄にかくし二階のあることも

これらの俳句はいずれも埼玉の風物を詠んだものである。第一の句は浦和（当時は武蔵大宮と称す）の野田（現在、さいたま市の上野田）にある鷺山のこと。第二の俳句は志木市（当時は志木町）野火止の平林寺の風景である。平林寺は臨済宗の古刹である。第三の俳句は川越の喜多院である。昭和初期（昭和十三年頃迄）の喜多院は、ずいぶんさびれていたようである。

浦和の野田では五、六月頃は親鷺が雛鷺を育てる巣が竹藪いっぱいに見られたそうである。また、かな女は平林寺を訪れた時、庫裡にあった警策が目についた。その鳴る音と大木の木犀の花がほろほろと散るのが不思議にマッチしているように思えた。

さらに、かな女はある日、川越の喜多院を訪問した。徳川家光が誕生したという部屋を見た。それから、部屋の前にある枝垂桜（しだれざくら）が目に留まった。枝垂桜の木はずいぶん古い木で、見ていると昔の様子がしのばれた。埃の積もった廊下を過ぎる時、青葡萄の棚と、「かくし二階」に気づいた。これは人の気づかないところにある二階であり、そこに「主君を守護する御近習（おきんじゅう）」が潜んでいた。このような見聞から俳句が成立した。

ここに掲げたかな女の句（埼玉の風物を詠んだ俳句）は昭和三年（一九二八）の秋から昭和十三年（一九三八）までのものである。埼玉の地は文字通り、「第二のふるさと」であり、句材の拡張と共に句風の面で充実深化が見られた。埼玉の地は他所の人々から「平凡単調の地」とよく言われるが、平凡単調の中に居て、キラリと光るものを見い出すのが短詩形文学（俳句）の真骨頂である。そういうことから考えると、長谷川かな女はまさに、俳句に適した土地に住みついたと言える。

前掲の『埼玉俳句選集　昭和三十年版』から、かな女の俳句を一つ示す。

栗むくや半纏（はんてん）うすく着て坐る

彼女らしい、落ち着いた佳句である。

## 注

（1）長谷川かな女の脚の事故は、「長谷川かな女略年譜」（『水明』一九六九年十二月号）によれば、大正八年（一九一九）、自宅の庭でアメリカ人の飛行機の宙返りをするのを見ていて、足を捻挫したものだという。しかし、たとえばスミスが日本に来て宙返りなどを行ったのは大正五年（一九一六）である。また、大正五年六月、スミスの乗った飛行機が札幌で故障して墜落し、負傷している。このようなこともあった。

（2）柴田白葉女「かな女礼讃」（『俳句研究』一九六九年八月号）。

# 第十五章　仁木悦子から渋谷定輔及び、佐多稲子へ

## 1

仁木悦子は著名な作家である。仁木悦子は一九二八年（昭和三）三月、東京府豊多摩郡渋谷村（現、東京都渋谷区）で生まれた。本名は大井三重。生後間もなく、父大井光高の転勤で富山に移った。七歳の時、父が亡くなり、兄や姉たちは東京の滝野川区（現在、北区）に移ったが悦子は胸椎(きょうつい)カリエスのため母に伴われて神戸のサナトリウムに入院。一九三六年（昭和十一）、サナトリウムを退院し、母や兄姉たちと滝野川区に住んだ。一九三九年（昭和十四）三月、母や兄姉たちと世田谷の経堂(きょうどう)に住む。

一九五七年（昭和三十二）、推理小説「猫は知っていた」が第三回江戸川乱歩賞を受けた。この作品は同年十一月、講談社から刊行され、十万部を超すベストセラーとなる。以後、作家活動を続けるが、猫などのペットを尊重する運動（戸外に連れ出して遊ばすことができる等の運動）を

起こしたりする。これは一九七九年（昭和五十四）に結成した「自然と動物を考える都民会議」（後に、「自然と動物を考える市民会議」と名称変更）のことである。「猫はすべて屋内で飼わねばならない」という条文を含むペット条例が都議会に出されたのに反対して結成された団体である。この「自然と動物を考える都民会議」のメンバーの一員が仁木悦子であった。

動物は人間の愛玩物ではなく、人間と同じ共生社会の一員であるという認識が仁木にあった。また、彼女は「かがり火の会」を結成した。一番上の兄栄光が一九四一年（昭和十六）、中国山東省で戦死した。この兄を悼む仁木の文章を読んだ読者からの反響が大きく、これがもとになって「かがり火の会」が発足し、文集が発行された。

さらに、仁木自身が障碍者であり、夫の安（ペンネーム、本名は後藤安彦）もまた障碍者であった。二人は他の友人に呼びかけ、『もうひとつの太平洋戦争』（立風書房　一九八一年六月）を出版した。これは第二次世界大戦中の障碍者の戦争体験を記録したものである。

仁木悦子は一九八六年（昭和六十一）十一月、腎不全で亡くなった。享年五十八歳。

## 2

かがり火の会が編集した『仁木先生への最後の手紙』（発行・かがり火の会　一九八七年九月）を読んだ。その中に、特にわたくしの目を引いたものがある。それは「折鶴ランの二つの蕾（つぼみ）」と題する文章である。筆者は渋谷定輔であった。渋谷と仁木悦子とにどのようなつながりがあったのだろう?

〝一期一会〟という言葉がある。仁木悦子さんと私のかかわりは、まさしく〝一期一会〟だったのです。

渋谷定輔のエッセイ「折鶴ランの二つの蕾」が記しているのは、一九八六年五月、新宿で開かれた「かがり火の会・十五周年記念の全国大会」のことから一九八七年五月までのことである。仁木悦子はこの間の一九八六年十一月二十三日、亡くなった。渋谷定輔はこの報を十一月二十四日の新聞で知った。「私は瞬間、目がくらみ、〝ああ、しまった〟というショッキングな無念にかられてしまった。」

それから、十二月六日、青山斎場での告別式があり、渋谷は出席した。その場でもらった後藤安彦の「亡き妻へのメッセージ」には次の言葉があった。

きみが去り　ぼくだけが残ったいま
ぼくはそれでも　上りつづける。
いたずらっぽい　微笑を浮かべた車椅子のきみが
岡のうえで待っていてくれるのを信じて。

後藤が詩人であるのかどうかわたくしにはわからない。しかし、これを転記した渋谷はこの言葉に感動したのだと、わたくしは思う。何気ない弔辞の言葉であるが、それを記した夫の言葉は「同伴者」（同志）としての深い思いに貫かれているからだ。

そして、渋谷定輔のエッセイは次の文で締め括（くく）られる。

私のテーブルのうえには、仁木悦子さんご自身が苗を育てられた「折鶴ラン」がある。その折鶴ランは、ますます豊かな葉をはばたかせ、二つの蕾をふくらませている。一つの蕾は、後藤安彦氏の「亡き妻へのメッセージ」とつながり、一つの蕾は、「かがり火の会」の会員一人ひとりとつながっているように見えます。そしてまた、告別式でいただいた仁木悦子さんの「好きだったことば」は、「かがり火の会」のこれからの行く手を指し示しているように思われます。

だいじょうぶよ。
ゆっくりやれば
きっとうまくいくわよ。

これは実に見事な弔辞である。折鶴ランの発する二つの蕾を後藤の「亡き妻へのメッセージ」と、「かがり火の会」の会員一人ひとりと、それぞれつながるとした、この発想は実にすばらしい。そして、最後は故人仁木悦子の「好きだったことば」で締め括る。こういう展開はまさに、詩の展開である。文学者らしい弔辞である。

渋谷定輔が一九八六年五月、「かがり火の会・十五周年記念の全国大会」に出席したのは、渋谷の知人西原若菜からの紹介であった。その詳細は渋谷の文章「折鶴ランとの会話から」(『かがり火』第二十八号　一九八六年八月十五日)に詳しい。

## 3

わたくしも渋谷定輔について、幾らかの思い出がある。それはエッセイ「埼玉の農村と詩人」を書き、その中に渋谷定輔を登場させたからである（注1）。

その記述を踏まえながら渋谷定輔について新たに述べることにする。

ところで、埼玉の農村を題材にした作品は多いが、わたくしがまず想起するのは太田玉茗の詩「秋興三章」である。

農夫畑打つ麦蒔（ま）きじゃ
山は青うて近くに見える
空は高うて日は照り続く
蜻蛉（とんぼ）飛ぶ飛ぶ仕事は進む

風吹き渡る幾千里
靡（なび）く稲田の早稲（わせ）晩稲（おくて）

黄金の波を立て行けば
農夫見送る　目は光る

麦を蒔く蒔く　麦蒔きじゃ
麦蒔きすめば稲刈りじゃ
希望の星を戴(いただ)きて
農夫　暮れまで畑を打つ

（以下、省略。表記は現代表記に改めた）

この詩は『文章世界』明治三十九年（一九〇六）十二月号に載ったものである。明治の埼玉の農村風景をうたったものである。麦蒔き、稲刈りといった仕事に没頭している農民の、喜びと健康さがしのばれる。

また、この詩とほぼ同じ時代、明治三十年代の埼玉の農村風景を伝えているのは田山花袋の小説『田舎教師』（明治四十二年刊行）である。

その冒頭は次のとおり。

四里の道は長かった。その間に青縞の市の立つ羽生の町があった。田圃にはげんげが咲き豪家の垣からは八重桜が散りこぼれた。赤い蹴出しを出した田舎の姐さんがおりおり通った。

有名な書き出しであるが、今の読者にはこの情景を思い浮かべるのが難しいだろう。明治という過去の時代の牧歌的で、のどかな農村の風景である。

それから大正という時代に入ると、農村も大正デモクラシーという自由で個性尊重の空気を受けて、農民が自分たちの生活現状を精密に見つめるようになる。さらに、農民自治思想の普及により、現状認識の鋭い農民が出現してくる。

既に述べたように、これまで農村はインテリや作家・詩人によって描かれ、歌われてきた。農村に住む農民によって描かれたり、歌われたりすることがほとんどなかったのである。それが大正期に入ると、農民自身によって農村の生活や自分たちの思いや願いがうたわれるようになった。

その代表的な作品が渋谷定輔の詩集『野良に叫ぶ』（大正十五年七月刊行）である。

渋谷定輔は明治三十八年（一九〇五）十月十二日、埼玉県入間郡南畑村砂原に小作人の長男として生れた。この土地は荒川の中流にあり、水害に何度も悩まされた。彼は自ら「私は本当の野良に育った野良の子だ」と言っているとおり、彼が筆をとって記すのは、まず、農村の貧しくて苦しい生活の叫びである。また、土への愛に結びつく田園賛美である。『野良に叫ぶ』から、幾つかの詩を挙げてみる。まず、「沈黙の憤怒」である。

朝はまだ残月のあるうちから
晩は手もとの見えるまでは野良で
からだの骨々がへし折れそうに働いてきて
夜は二里ほどもある停車場へ糞尿（ため）ひきにいくおれだ
（その途中町を通る）

サクラの散ったあとには
たまらなく気持ちのいい色の若葉が
街燈に照らされて
キラ　キラ　キラ　キラ
もれこぼれそうに生（お）い茂っているのさ

バカなおれたち百姓に
安く仕入れた肥料（こやし）やいろんな日用品を高く売ってだ
おれたちが作ったものは
こけまかせに安く買ってだ
もうけてもうけぬいてる町の人らは
それこそのんきそうに若葉の下をブラついているのだ！　（＊ブラついては原文のまま）

若い夫婦が　男が　女が
いく組も　いく組も　いく組も
甘ったるい　なまめかしい　くすぐったい
話をしながら笑いながら……
おれはそのなかを牛をひいていく
のろのろの牛を　落ちつききった牛を――
と　ほろ酔い気分の一群の男女か
――おいおい　百姓ッぺえ

気をつけてぼくらの足をひかぬように
ちゃんと左側を通れよ
——コケっぽな奴だねきみ　百姓なんて！
夜こんなにおそくなって糞尿なんかひきにいくんだからよ
ねえおまえ　——
——え　ほんとですわ
——よっぽどほかのことができないものでなくてはやれないね
あんなこと……
——そう
まったくぼくらのようなものには
——え　実際こけっぽだわねえ
もしわたしたちやあんたらが一時間もあんなことをしたら
キット死んでしまいましょうね
——ああ
ぼくらは第一　人間がちがうんだから
——アッハハハハ……

……
　　（＊この行が入るのは正しい。原文のまま）
こんなかぎりない嘲罵（ちょうば）と冷笑を浴びながら
内部にさか巻く熱い血汐（ちしお）と
魂の憤怒とをじっとこらえて
夜十時過ぎに停車場へ糞尿ひきにいく
おれは純粋の土百姓（どびゃくしょう）小作人
青年牛方（うしかた）　渋谷定輔だ！

次に掲げるのは、詩「生き地獄」である。

家庭は人間の安息所だというに
貧しいおれたち百姓の家庭は
いったいなんという所だ

ひがな一日せっせと野良で働いて
骨の髄までへとへとに疲れきった体をひきずってきてみると

牛はないている
子供はないている

ともに飢えているのだ

――ここは
野良で描いたおれの理想が
瞬間にして粉砕される
闇だ　墓場だ　地獄だ
ただ　飢餓と絶望の吐息と
悲憤の涙がうず巻く
生き地獄だ

自分の生活はまさに「地獄の罪人」に課された「責め苦」だと彼は労働のきつさを訴える。それは大げさでもなく、まさに真実である。しかし、この詩を読む読者はどう思うだろうか。観念むき出しの叫びに過ぎないと、冷たく批評する者もいる。しかし、わたくしはこの観念むき出しの叫びに共感する。なぜなら、それは真実の叫びであるからだ。真実の叫びは、強い説得力で読者の心に迫っていく。

また、この真実の叫びは政治行動へ突き進む。渋谷は中西伊之助や下中彌三郎らと農民自治会運動を始める。詩人が政治行動を行うのは自然の成り行きである。

しかし、渋谷には農村に暮らす田園詩人としての面もある。

詩「春きたる」を見てみよう。

春だ
土手の焼け跡から
新しい草の芽の
ひびき割れる音！

……アラ……アラ……
ヒバリの声がきこえるぜ

春だ　たしかに

春だ！　春だ！

みんなよ
もうおれらもそろそろ支度（したく）して
麦のさく切りに出ようじゃないか

もう一つの詩「田のあぜに立って」を掲げる。

ひとしきり
夕立（ゆうだち）の去ったあとは
なんだか物足りないような静かさだ
うす水色の空は高く無限に広がっている
遠く見える秩父山は
顔を洗ったような　すがすがしさだ

樹々の葉はキラキラと笑い
道の雑草は喜びにみちて踊っている
田の稲は高く澄める空に向かい
歓声をあげて伸びている

ああ　なんといきいきした静かさであることか
あたかも新世紀の始まりのそのような
おれは一人田のあぜに立って口笛を吹く

清らかな
風とともに
どこからか
チャルメラが聞こえてくる

〈あめ屋も　やんだからまた出かけたンだな〉
（＊出かけたンだなの表記は原文のまま）

詩集『野良に叫ぶ』には、このような詩も含まれている。明るく、ほのぼのとした安らぎの詩である。

詩人渋谷定輔の特徴の一つは、貧困と過酷な生活に強いられた農民の生活を世人に証言することであった。その記録文学として『野良に叫ぶ』は大きな意義をもつ。既に見た「沈黙の憤怒」「生き地獄」はその代表作である。そして、この延長線上にあるのが「牛よ」である。貧困と過酷な生活に強いられ、貧しい悲劇の生活を送ったのは何も人間だけでなかった。農家に飼われていた動物（牛や馬）もそうであった。この認識を読者に促すのが渋谷の詩「牛よ」である。

枯枝（かれっこ）をふろしきにつつんだように
骨と皮だけにやせこけた牛よ
〈人間のため〉のみの生産に
残酷きわまる労働をしいられてる牛よ
おれはおまえのその骸骨のような尻を
ぴしゃり　ぴしゃりとむちうつたびに

感慨無量に胸はふさぐ
四本の足に食い入ったヒルは
トウガラシのように真っ赤にあからんでいる

むちうたれるままに反抗する気力もなく
〈いやさ　過労のためにその力をことごとく奪われてしまってだ〉
腹までひたる深いどぶ田を
やっとこ　やっとこ
たいぎそうにのたくる
おまえのその悲惨な姿
その姿は
現代社会で下積みにされてる
無自覚なおれたちの姿そのものだ

牛よ
むちうつおれを

なんと考えているか知れないが
おれとてやっぱりおまえのきょうだいなんだ

おれがむちうち使役(しえき)するゆえに
おれがおまえに過労をしいてるのじゃない
見よはるかかなたに
光りかがやく不労所得のあの御殿を
そこにおれやおまえに過労をしいる二足の吸血鬼・主人が
閑暇(かんか)にあえいでいる

おれとおまえがこうして朝早くから夜おそくまで
汗水(あせみず)絞って働かねばならぬのも
閑暇にあえぐかれらにおれたちの生産をことごとく奪(うば)い取られてしまうからだ

牛よ
反抗する力も奪われてしまった牛よ

ただ〈人間のためのみ〉の生産に一生涯
ああ　生き血を絞り肉をそがれて死んでいく牛よ
いまに　きっと
おれがかれらに
生きた血と肉で恩を返してやるぞ

この詩「牛よ」を読むと、わたくしは祖先のことを思い浮かべる。わたくしの祖先も農民であった。渋谷と同じような小作人である。大正から昭和初期にかけて苦痛にあえいでいた農民は多かった。その暗い時代の様相を、この詩は農民と共にある動物（牛）の苦闘の姿を通して描いている。「残酷きわまる労働をしいられてる」牛はまさに、貧苦にあえぐ農民の姿でもある。その牛を「ぴしゃり　ぴしゃり」鞭打(むちう)たねばならぬ「おれ」も胸ふさぐ思いがした。

大正から昭和初期にかけての農村の実態をこれほど写実的に書きとめた詩を、わたくしは他に見たことがない。

今の若い農村青年にこの詩に見るような牛耕の体験は求めるのは無理であろうし、また、この詩がはらんでいる認識や怒りは彼らにはよく理解できないかもしれない。今日の農村には機械化が進み、耕耘機(こううんき)、軽トラック、コンバインなどが登場し、乗用車も各家庭が所有している。

また、住宅地不足で土地が高値で売れ、土地成金になった農家もあるだろう。それに、農村では若者は勤めに出てしまい、農業より楽で金が入る仕事へと逃避する傾向が強い。

確かに農村は変わったのである。渋谷定輔が声を絞って農村生活の苦しさを叫び、農民の悲しさをうたったのは、もはや、遠い過去のものとなってしまったのだろうか。

農村に光がさしてきたのを喜ばない者はいないだろう。しかし、農業労働の苦痛の中から生み出されるエネルギー、自然災害の痛みをはね返していくバネの力、農民の過酷な歴史の中で培われたこれら農民の資質を貴重な遺産として今の若い人々が受け継いで行ってくれることを切望する。それが『野良に叫ぶ』を今によみがえらせることになる。田んぼや畑の土と自分との類似性に気づいていた稀有な詩人渋谷定輔の願いを再び確認した。

## 4

渋谷定輔のエッセイ集『大地に刻む』（新人物往来社　一九七四年九月）を読んでいて、渋谷と細井和喜蔵との関係に気づいた。細井は『女工哀史』で有名であるが、その細井から渋谷は「きみは農民哀史を書かないか」と言われたそうである。細井は町工場の工員を勤めながら、せっせと著述を行い、ついに念願の著作『女工哀史』を書き上げた。そして、渋谷はその原稿を見せられ、夢中になって読み、「よし、自分はこれと対になる『農民哀史』を書き上げよう」と決意した。

しかし、病弱な細井は間もなく他界する。二十八歳の若さであった。渋谷は細井に『農民哀史』を見せられなくて残念だと思う。そして、細井の葬儀の前後に渋谷は陀田勘助に出合う。これも不思議な出合いである。陀田勘助は細井の葬儀には全力全身をかけて奔走する。わたくしは岡本潤の伝記を読んでいて、陀田勘助のことを知った。しかし、それ以外に陀田勘助がどういう交友関係を持っていたかを知らなかった。だが渋谷の著作『大地に刻む』を紐解いて初めて、陀田勘助が細井和喜蔵ともつながりがあったのだと知った。

以下、渋谷の『大地に刻む』から引用する。

私が細井と最初に出会ったころ、彼は東京モスリン亀戸工場で働いており、ストライキに参加したり、『女工哀史』を書き始める準備をしているときであった（注2）。

そして、渋谷が細井と知り合ったきっかけは、『鎖（くさり）』という同人雑誌の出版に関してである。『鎖』の同人には既に、松本淳三、重広虎雄、坂本斐沙子、村松正俊、鶴巻盛一、陀田勘助がいた。この同人の中の陀田勘助（本名、山本忠平）が細井と渋谷を同人にならないかと誘ったのである。

ある日、『鎖』同人会の帰り道で、渋谷が細井に「いまおれは村で小作争議をしている」と話した。すると細井がこう言った、「そういう生活の中で文学創作を志しているのはぼくと全く同じだよ。だが詩だけでは限界がある。散文を書かないと広い読者に訴えられない。それでぼくは小説も書いているが、いま記録として女工の生活を書いている。それをどうしても『女工哀史』としてまとめたい。君は実際の農民だし小作争議もやっている。女工たちはほとんど農民の娘だ。ぼくは農村から出てきた彼女たちのことを書くから、君は女工が出てくる農民生活をふまえて『農民哀史』を書け！」（注3）。

細井は作家藤森成吉の導きと斡旋で『女工哀史』の一部を大正十三年（一九二四）の秋、雑誌『改造』に発表する。そして大正十四年（一九二五）七月、改造社から単行本『女工哀史』を刊行した。これは大きな反響を呼び、版を重ねた。しかし、細井の体は衰弱していた。この年八月十八日、細井は急性腹膜炎で死去した。陀田勘助は細井の一番身近な親友であり、彼の葬儀を取り仕切った。

## 5

渋谷定輔の『農民哀史』は分厚い本である。わたくしが手にしたのは七百ページを超える大著である。一九七〇年二月、勁草書房から第一刷が出て、わたくしが手にしたのは第四刷で一九七一年六月の発行である。

この本には一九二五年（大正十四）五月から十二月までの日記と、一九二六年（大正十五）一月から十二月までの日記が収録されている。すなわち、渋谷定輔の十九歳から二十一歳までの日記である。現在（二〇二三年）からすれば九十八〜九十九年前の日記であり、個人の日録のみならず、当時の日本や世界の動きがわかる貴重な文献である。日本人はどちらかというと、過去は振り返らず、前に向かって進むという特徴がある。人は誰でも年を取れば回顧するのが普通であるが、悲しいことや嫌なことはあまり思い出したくないという気持ちが強い。しかし、今、この大著『農民哀史』を手にすると、日本人の生き方や国民感情のルーツ（根元）が手に取るように明らかになる。

渋谷の著書『農民哀史』に次の箇所がある。

朝食後、田かきをはじめた。だが、ことしはじめての牛なので、たびたび土手の上にかけあがるのには全く閉口する。しかし、自分が牛の立場になって考えてみると、別に彼は、田かきをするために生まれてきたわけではない。彼が生まれ育ってみたら、深いドブ田に追い込まれ、重い田かき万能を引き回させられるのだ。彼とすればそんな人間勝手の労働より、土手に茂っている新鮮な雑草に魅力をもつのが当然だ（注4）。

これに続く箇所には、次のことが記されている。

きのう〝牛は田かきをするために生まれてきたわけではない〟という牛自身の立場に自分を置いて考えた。そして〝君は断じて人間に従順な、人間のいう〈優秀〉な牛になるな！〟と彼を激励した。だが、きょう、このように君と一緒に？　いや君を使って、仕事をしてみると、君と俺は被使用者と使用者という関係になっている。君が田かきが嫌いでも、君がこの家にいるかぎりは、毎日土手で草を食って自由に遊んでいるわけにはゆかない。俺だって同じだ。君がもしこの家から牛屋に返されたとしても、また売られた先で過労を強いられ、君の自由はない。君が徹底的に自由を追求しようとすれば、一切の人間を拒否し、原始林へ行くことだ。しかしその場合、君は餓死と射殺の覚悟が必要だ。俺だって君と似たようなものだ。この家を出る。他所で働く。搾取される。（中略）人間社会であるだけに、君より俺のほうが少しはいい条件がある。同じ仲間であれば、少しでもいい条件のあるほうが、悪い条件の仲間をかばう努力がされなくてはいけない――俺はこんなことを考える（注5）。

渋谷にはこのような認識があったから『野良に叫ぶ』所収の詩「牛よ」ができたのだと悟った（注6）。すなわち、田畑で働く牛は自分と同類の「仲間」なのだという認識である。

## 6

渋谷定輔の文学には労働、働くということが深くかかわっている。わたくしは渋谷の『野良に叫ぶ』や『農民哀史』を読んでいたら、また佐多稲子の文学を想起した。佐多は渋谷より一年先輩の文学者である。正確に言うと、渋谷は一九〇五年（明治三十八）十月の生まれであり、佐多は一九〇四年（明治三十七）六月の生まれである。

佐多稲子の初期作品は『キャラメル工場から』である。佐多は尋常小学校五年の途中で退学し、工場で働いた。その後、料理屋（東京の上野）の女中をやったりして生活費を稼ぎ、関東大震災の時は日本橋の丸善に勤めていた。その時、佐多は十七歳であった。丸善に勤めていた時のことを佐多はこう記している。

十七歳のとき、それまで働いていた料理屋の女中をやめて、女店員になった。私は手探りに、新聞の求人広告で丸善本店の女店員募集に応募した。幸いに就職ができたとき、私は自分の勤める店が書店だということで嬉しかった。もっとも私の配置されたのは化粧品売場であったけれど、そこに初めて立ったとき私は嬉しくていそいそとしていた。毎日自宅（本所、曳舟）から通勤でき、夜は自分の時間だということがどんなに嬉しかったかしれない（注7）。

そして大正十二年（一九二三）九月一日、関東大震災が起る。その時のことを佐多はこう記している。

あのとき私は、日本橋通三丁目の丸善書店の階下にいた。現在丸善のある場所である。当時の丸善は三階か四階建ての古風におもむきのある洋館であった。私は女店員だったから、自分の売場の香水棚の前に立っていた。ちょうど昼前で、先番の店員が昼食に控室へ入っており、店は客の姿もあまりなく、静かないっときであった。（中略）

あのとき突然震れ出した地震は、最初から激しかった。私は同僚のひとりと抱き合って店の中央に立ったまま、何か言いながらその大震れに身をまかせているしかなかった。高い棚に積んであった麦わら帽子の箱がぽんぽんと落ちる。私がいつも磨いているガラス張りの飾棚から、きれいに配置しておいた舶来の香水瓶が次ぎ次ぎに飛んで落ちて石の床で割れる。大変なことになった、と私は恐怖の中でおもう。

中年の洋服の男が外へ出ようと門口へ向っているが、その足が宙に浮いてあやつり人形のように見える。建物全体が、がしゃっ、がしゃっ、と一定の幅で音を立てて大きく震れつづける。大地が震れるのにちがいないのだが、当時としては大きい方の鉄筋建築の丸善の建物全体が、ひとつの箱のように振りまわされている感じがした。ようやく最初の大震れが一応しずまったとき、みんな前の空地へ出ろ、と誰かの叫んだのを聞いて、私たちは肩を抱き合いながら正面の入口から外へ出ようとした。そのときちょうど、私たちの目前で、すじ向うの煉瓦建ての商社が、往来へ向って崩れ落ちたのである。（中略）

今の高島屋の場所が空地になっていた。そこに私たちは一時集合したが、もうそのとき、日比谷の松本楼から火が出た、と伝わってきて、通りは騒然となっていた。京橋の手前で地割れに女の人が落ちて死んだ、とも伝わる。交通はもちろん跡切れた。方角の同じものは組を作って帰れ、ということになった。私は女二人男ひとりの三人連れで、とにかくわが家の方へ歩き出すことになった。（中略）

私たち三人は吾妻橋までできた。私のほかの二人は浅草のさきの方へ帰る人だったが、そこから交通止めだ、と巡査がさえぎっていた。そのさきはもう火事になっていて、行かれないのだ。行く手を失った女友達は、そこではじめて泣き出した。私は向島を通って寺島へ帰るのだが、吾妻橋はまだ渡れると巡査に聞くと、泣いている友達を男の同僚に頼んで、ひとり歩き出した。枕橋で、大八車に荷を積んで引いている人がくる。こっちは駄目なのに、とおもったことを覚えている。

私は隅田川の堤へ出て、ようやく走り出した。土手下も火事になっているらしい。このあたりで、荷物を運び出す人の動きがそれなりに正気になっている感じがした。曳舟の通りへ出るとひとつの橋の上で、ここでも巡査が両手でまねいて、早くこっちへ来い、火でせきとめられるぞ、と大声で呼んでいた。私はそこを走り抜けてわが家へたどりついた（注8）。

わが家へたどりついた佐多稲子はどうなったのであろうか。わたくしは夢中になって頁を繰った。

今夜、少しさきの空地へ避難した方がよい、というのは弟で、その弟はどこから持ってきたのか、私に、消防の持つとび口を一本握らせた。とび口のさきは鋭く、銀色に光って、それは重いものだった。弟はこれを私の護身用に、それも朝鮮人に対する護身用に握らせたのであった。つまり、こういう形で、いわばいち早く人心動揺のほこ先転化が計画されたので、弟の持ってきたとび口はしかるべき官筋から出たのにちがいなかった。が、このときの私に、そういう判断のつく力はなかった（注9）。

稲子は弟から握らされた「とび口」（長い柄の先にトンビのくちばしのような鉄製の鉤を付けた道具）を不審に思いながらも、それが「朝鮮人に対する護身用」だと知った。この後稲子は年寄りの祖母を連れて、工場わきの空地へ逃れるが、その周りで「朝鮮人騒ぎ」が起っていた。そして、彼女は近くのどぶ川にうつぶせになって浮かんでいる死体を見る。それは「町の住民に殺された朝鮮人」の死体であった。「政府の流した蜚語は、大地震という自然の脅威におののいている住民の、異常な神経を煽った。このことは今日、多くの人が知っておく必要がある。」（佐多稲子『生きるということ』三一ページ）佐多はこう記している。

関東大震災を体験した佐多稲子の貴重な記録である（注10）。

ところで、わたくしが自分の古いノートをめくっていたら意外なものが見つかった。それはA５サイズの黄色い紙一枚であり、埼玉文学学校の第一期参加案内であった。新日本文学会が主催するものであり、会場は北浦和の埼玉県労働会館である。開講日は一九七五年（昭和五十）十月一日。その講師名簿の中に佐多稲子があった（注11）。

しかし、残念ながら、わたくしはこの学校に出なかった。佐多に関東大震災の体験を直接に聞きたかった。文学は小説の書き方などという方法も重要だが、作家の体験をじかに聞きたいものである。

**注**

（１）竹長吉正「埼玉の農村と詩人」上・下（『埼玉新聞』昭和四十七年六月十五日、六月二十二日）

（２）渋谷定輔『大地に刻む』（新人物往来社　一九七四年九月）十一ページ。

（３）前出（２）『大地に刻む』十三ページ。

（４）渋谷定輔『農民哀史』（勁草書房　一九七一年六月第四刷＊一九七〇年二月第一刷）二七ページ。大正十四年五月十三日の日記より。

（５）前出（４）『農民哀史』二九ページ。大正十四年五月十四日の日記より。

（6）渋谷の詩「牛よ」については、本稿第3を参照。

（7）佐多稲子『生きるということ』（文藝春秋新社　一九六五年三月）一七〜一八ページ。

（8）前出（7）『生きるということ』二四〜二七ページ。

（9）前出（7）『生きるということ』二八ページ。

（10）佐多稲子の関東大震災体験の中に、こういうところがあった。朝鮮人が自警団に追われたり殺害されたりするが、佐多はその中で「朝鮮人が暴動を起したなんていったって、ここは日本の土地なんだから、朝鮮人よりも日本人の数の方が多いにきまっている。朝鮮人に追いかけられたとおもっていたのは、追われる朝鮮人のその前方にあんたがいたのだ。逃げて走る朝鮮人の前を、あんたは自分が追われるとおもって走っていたに過ぎないと。」（『生きるということ』二九ページ）、そう言った「興行師のおかみさん」の言葉を記している。長屋に住むひとりの女の人が「一晩中朝鮮人に追いかけられて逃げた」と皆の前で話した時、「興行師のおかみさん」がこう訂正したのである。佐多はこの訂正を聞いて、「強いショック」を受けた。

このような出来事に関連する事実を一つ紹介する。それは吉野裕（一九〇九〜一九九五、編集者・国文学研究者）の年譜を参照する。一九二三年（大正十二）九月、関東大震災のとき、吉野裕は十四歳であった。彼は父母と、東京市外の長崎村（現在、東京都豊島区）に住んでいた。当時、長崎村は「長崎アトリエ村」と呼ばれ画家がたくさん住んでいた。そして、関東大震災があり長崎村に多くの被害者が逃れてきた。吉野の父母は自警団に追われてきた朝鮮人夫妻を匿（かくま）った。

（11）講師名簿には他に、安岡章太郎、黒井千次、長谷川四郎、井出孫六などの名がある。しかし、女性文学者の名は佐多稲子のみである。

## 附記

（その1）仁木悦子の夫後藤安彦はペンネームであり、本名は二日市安（ふつかいち・やすし）である。二日市も仁木と同じく障害があった。手足が不自由で言語障害もあった。彼は一九六二年（昭和三十七）六月、教会で悦子との結婚式を挙げた。作家の曽野綾子、新章（しんしょう）文子らが出席した。悦子は江戸川乱歩に「安（ヤスシ）のために何か推理小説の翻訳のお仕事を紹介してください」と頼み、安は『ヒッチコック・マガジン』に翻訳の仕事を持つことができた。また、安は医学、技術、カトリック関係などの翻訳の仕事も行った。

（その2）仁木悦子と二日市安との出会いや結婚に関しては、新章文子「仁木悦子さんの結婚に祈る」（講談社『婦人倶楽部』一九六二年八月号）、仁木悦子「溢れる祝福を受けて」（同前）が詳しい。

（その3）本稿の「4」で取り上げた陀田勘助について渋谷定輔編『陀田勘助詩集』（国文社　一九六三年八月）がある。内容は〈詩集　黒い青春〉〈獄中詩篇〉〈プロフィル〉〈年譜・資料〉からなり、多くの写真も所収。それによると、陀田勘助は本名山本忠平で一九〇二年（明治三十五）一月、栃木県下都賀（しもつが）郡栃木町（現在、栃木市）に生まれた。小学校を卒業後、上京して神田の開成中学校夜間部に入学。在学中、教師と対立して自ら退学。内務省にアルバイト的な就職をし、海軍兵学校を受験する。色盲のため受からず、文学に志を変える。アテネ・フランセに通いフランス語を学ぶが、神経衰弱になり一時、郷里に帰る。のち、上京し一九二二年（大正十一）十二月、村松正俊と詩のパンフレットを出す。その時、ペンネーム陀田勘助を用いる。一九二三年（大正十二）六月、詩誌『鎖』を発行。同人は村松正俊、松本淳三、坂本斐紗子ら。のちに細井和喜蔵、渋谷定輔らが加わる。以後、『朝日新聞』『読売新聞』等に詩を発表する。日本無産派詩人連盟、黒色青年連盟などアナキストの運動を起こす。一九三〇年（昭和五）一月、治安維持法違反で起訴され、豊多摩刑務所に収容される。一九三一年（昭和六）八月、獄死、二十九歳七ヶ月。

（その4）本稿の「4」及び附記（その3）で取り上げた陀田勘助についてであるが、彼について直接取り上げていないが、彼を含むアナキストやダダイストの詩や詩人に関して秋山清の著書『発禁詩集』（潮文社　一九七〇年十一月）が参考になる。

**竹長 吉正**（たけなが よしまさ）

1946年、福井県生まれ。埼玉大学名誉教授。白鷗大学、埼玉県立衛生短期大学（現、埼玉県立大学）、群馬県立女子大学などでも講義を行った。
日本近代文学、児童文学、国語教育の講義を行い、著書を出版。『日本近代戦争文学史』『文学教育の坩堝』『霜田史光　作品と研究』『ピノッキオ物語の研究 —— 日本における翻訳・戯曲・紙芝居・国語教材等 ——』『石垣りん・吉野弘・茨木のり子　　詩人の世界 ——（附）西川満詩鈔ほか ——』『石井桃子論ほか —— 現代日本児童文学への視点 ——』『神保光太郎 —— 詩人の生涯 ——』など。
三省堂の高等学校国語教科書の編集委員をつとめた。

てらいんくの評論

文学者の生き方は様々 —— 半藤一利や佐多稲子らのこと ——

発行日　2024年3月19日　初版第一刷発行
著　者　竹長吉正
発行者　佐相美佐枝
発行所　株式会社てらいんく
〒215-0007　神奈川県川崎市麻生区向原3-14-7
TEL　044-953-1828　FAX　044-959-1803
http://www.terrainc.co.jp/
印刷所　モリモト印刷株式会社

ISBN978-4-86261-178-9　C0095